〖中华诗词存稿·名家专辑〗

中华诗词学会 编

林从龙诗词选

林从龙 著

中国书籍出版社
China Book Press

图书在版编目（CIP）数据

林从龙诗词选 / 林从龙著 . -- 北京：中国书籍出
版社 , 2019.9

（中华诗词存稿）

ISBN 978-7-5068-7443-4

Ⅰ . ①林… Ⅱ . ①林… Ⅲ . ①诗词—作品集—中国—
当代 Ⅳ . ① I227

中国版本图书馆 CIP 数据核字 (2019) 第 199852 号

林从龙诗词选

林从龙 著

责任编辑	王星舒	
责任印制	孙马飞　马　芝	
封面设计	采薇阁	
出版发行	中国书籍出版社	
地　　址	北京市丰台区三路居路 97 号（邮编：100073）	
电　　话	(010) 52257143（总编室）(010) 52257140（发行部）	
电子邮箱	eo@chinabp.com.cn	
经　　销	全国新华书店	
印　　刷	北京虎彩文化传播有限公司	
开　　本	710 毫米 × 1000 毫米 1/16	
字　　数	200 千字	
印　　张	15.5	
版　　次	2020 年 5 月第 1 版　2020 年 5 月第 1 次印刷	
书　　号	ISBN 978-7-5068-7443-4	
定　　价	198.00 元	

《中华诗词存稿》
编委会名单

作者简介

　　林从龙，1928 年 1 月生，湖南宁乡人。河南省社科联副编审，主编。国务院批准为国家有突出贡献的专家。河南诗词学会会长、中华诗词学会顾问。著有《林从龙诗文集》《林从龙楹联选》《诗昔寻芳》《元好问和他的诗》。

总　序

　　我们这个诗歌大国有一个很好的传统，历来注重"采诗"、搜集整理诗歌材料。作为唯一的全国性诗词组织的中华诗词学会，自1987年5月成立以来，就十分重视这项工作。学会每年的学术研讨会和历届"华夏诗词奖"，都出版论文集和获奖作品集。纪念学会成立二十年、三十年时，还专门编辑出版了《大事记》《论文选集》《诗词选集》。《中华诗词》创刊以来，每年都制作年度合订本。2007年5月，在北京天识东方文化艺术传播有限公司的资助下，以近代以来诗词创作、诗词理论、诗词运动重要文献汇编，当代名家个人作品专集等为主要内容，出版了《中华诗词文库》。经过十来年的编辑整理，已经出了近百卷。这些诗集、文集的出版，记录了近百年来尤其是改革开放四十多年来，中华诗词从起步、复苏走向复兴的砥砺前行的历程，为近、当代诗歌史的撰写准备了丰富的资料。

　　党的十八大以来，中华民族优秀传统文化重新受到应有的重视。习近平总书记《念奴娇·追思焦裕禄》词和《军民情》七律的相继发表，引领中华大地诗潮滚滚而来。《中共中央关于繁荣发展社会主义文艺的意见》和中办、国办《关于实施中华优秀传统文化传承发展工程的意见》，都明确提出"加强对中华诗词、音乐舞蹈、书法绘画、曲艺杂技和历史文化纪录片、动画片、出版物等的扶持。"国家教育部组织制定由中华诗词学会起草的新中国语言体系中的新韵书《中华通韵》已经通过国家语言文字工作委员会语言文字规范标准审定委员会审定，即将颁布全国试行。这些都使我们真切地感受到，中华诗词的春天真的到来了。诗人们乘着骀荡春风，正以高昂的激情，书写着中华民族伟大复兴的新时代、新史诗，国家富强、民族振兴、人民幸福的中国梦；正以与人民同呼吸、共命运的诗人之心，对人民的欢乐、人民的忧患、人民的情怀给以诗意的表达；正以"美"或"刺"的诗人之笔，对市场经济大潮中人民对幸福生活的期待，对美好未来的希望，对假丑恶的深恶痛绝，或给以方向，或给以赞美，或给以鞭挞。正如习近平总书记所指出的："好的文艺作品就应该像蓝天上的阳光、春季里的清风一样，能够启迪思想、温润心灵、陶冶人生，能够扫除颓废萎靡之风。"

当前，传统诗词创作者和诗词爱好者队伍发展迅速，已超过三百万。每天创作的诗词作品超过唐诗、宋词、元曲的总和。诗词评论研究队伍也成长很快，诗词评论、诗词学、诗词创作理论研究成果丰硕。如何从浩如烟海的诗词作品中"淘"出优秀作品，并使之存下来、传下去，如何使诗词研究理论成果"面世"并发挥应有的指导作用，确实是摆在我们面前的无可回避的一个重要课题。中华诗词学会是一个没有国家编制，没有国家拨款的社会团体，事业的运转主要靠社会赞助和会员费支撑。俊识（北京）文化传媒有限公司总经理吕梁松、北京采薇阁总经理王强，两位一直是对中华传统文化情有独钟的热心人，慷慨解囊，愿意同中华诗词学会一起，搜集整理编辑推出《中华诗词存稿》这套书，共同为中华诗词文化的继承和发展，做成这件十分有意义的事情。

　　《中华诗词存稿》主要搜集整理出版三部分内容的资料：一是当代诗词名家的个人作品集；二是当代诗词评论家、诗词学者的学术著作集；三是当代诗词作品、诗词理论学术成果阶段性、专题性、地域性的集成类作品集。诗词作品强调精品意识，沙里淘金，把"有筋骨、有道德、有温度"的优秀诗词作品搜集起来。诗词评论、研究类资料强调理论性和创新性，应具有鲜明的个性特点，具有创建性的见解。集成类的资料应有一定的史料保存价值。总之，做成一套具有当代价值和历史意义的好书。在此，我们编委会人员，向提供资料、筛选编辑、版面设计、校对勘误，包括所有为这套资料付出辛勤劳动的同志们，表示真诚的谢意！

郑欣淼

二〇一九年七月于北京

用生命打造诗国丰碑（代序）

梁 东

林从龙先生要将他 63 年间的诗词作品汇集付梓。无疑，这对他个人乃至整个诗坛都是值得高兴的事。

人们当有共识，林从龙是当今诗坛重量级人物。所谓重，重要的要看，处在一个风雨跌宕的时代，一个诗人的心志、性情和作为。重，还表现在是诗人的生命长河之水是否一以贯之地添砖加瓦。所谓重，理所当然的还要看他的艺术实践，他的成果，他的春华秋实。纵观以上这几个方面，应当说，林从龙是诗坛一位不同凡响的重量级人物。

林从龙出生于"于斯为盛"的湖南，从小受中华传统文化之浸润极深，对民族文化有深厚的感情，铸就了民族精神的根基。对于中　国人来说，这应当是立身之本。君不见，大千世界对于民族文化的众生相，抽象肯定、具体否定者有之；形同路人、评头论足者有之；冷酷无情、踩到脚下者有之……而林从龙，始终以"九死无悔"的精神对之。改革开放以来，民族精神的回归，推动了包括中华诗词在内的民族文化的弘扬。林从龙如鱼得水，以极大的热情、坚定的信念、不懈的努力，开始了他的诗词长征。在河南，最初他只能依托十分有限的空间和阵地，却搬动了包括臧克家、贺敬之、艾青、冰心在内的许多名家，得到了他们的支持和对弘扬传统诗词的认同。他作为发起人之一，参与到为成立中华诗词学会而努力的行列之中。一批有影响的老同志登高一呼，林从龙和许多有识之士拓荒前进。只要是对诗词事业有利的事，他总是不计个人得失，以忘我的精神力争。而且，他的可贵之处在于，往往是受命工作于危难之时，送炭甚至烧炭于雪中，而不善于添花于锦上。从郑州到北京，从中央到地方，他奔走于机关、团体、学校、诗社，他成为一些学者、专家的座上客，也成为他们的知音者。1996 年，我有幸和从龙兄一起，代表中华诗词学会专程去上海看望老会长、著名学者、全国人大副委员长周谷城先生。周会长见到从龙，病好像好了一半，交谈竟日，不忍离别。我想起《史记》有云："白头如新，倾盖如故，何则？知与不知也。"知什么？他们正是在尊重、热爱、弘扬传统文化这个基点上相交、相知，从而推进诗词事业的。

为诗词事业，林从龙可谓倾注全部心力。万事开头难。人们不应当忘记，中华诗词学会成立初期，百废待举，困难重重。他和志同道合的诗友们一起，努力以赴。我记得，第一期《中华诗词》就是他在北京的女儿家里闭门谢客，突击三天完成了后期编辑工作的。中华诗词学会成立以来，尤其是早期，学会很多方面工作的推进，往往和林从龙开疆拓土、联络各方、打开新的局面分不开。而这里一个重要的支点就是讲课。几十年来，林从龙一共讲了多少场诗词课，受众总共有多少人，恐怕是一个难以统计的惊人数字。他的讲学授课，真可谓"从东北到西南，从高原到海边"，而且一直讲到境外、国外。如果诗词界也搞一个"吉尼斯"纪录，几乎无人可望其项背。全国不断兴起的"诗词热"，林从龙至少是在大气候下的一股热风，吹到哪里，哪里升温。许多事实说明，一些地方诗词活动波澜迭起，常和林从龙讲课密不可分。诗词进校园活动，就是在他应邀到华中理工大学讲学，和校长杨叔子院士一拍即合，促成了 1999 年在华中理工大学举行的"让诗词大步进入大学校园"的全国会议，随之而来的是连续几年的进入中小学、幼儿园以及校园诗教和社会诗教的逐步展开。溯其源头，至少应当说林从龙功不可没。

为什么这么多地方争相请林从龙去讲诗词？答案只有一个：他讲得好。他讲课，好像是把古人的诗掰开、打碎、嚼烂，再从他嘴里吐出来。有本而不宣科，无声之处也能砸吧出滋味。他总是用独特的视角，深沉的历史沧桑感，贴近生活的举例，给人以难得的艺术感染。看看台下，像是都听醉了，再看他，像是比台下的人醉得更厉害。

我试着替他总结一下，作为诗人、作为学者，他有三条：一曰国学根基，二曰超常记忆，三曰不眠不休。从龙兄幼学底子打得好，学养较深。我一直认为，中华文化的精华在于经典，而传统诗词正是以动人心魄的能量，传递和诠释经典的精神。从龙兄正是把这两者结合起来的高手。有一次开会，他和另一位诗中高手同住一室，第二天我见他们眼睛红红的，原来是两人躺在床上仰望天花板，一人一句背诵起经典古文，不知东方之既白。从龙兄的超人记忆力，我最为折服。十几年前，我就在一篇名为《春雨江南路》的文中，说起他的脑袋瓜犹如一部电脑，内存是诗。按错了键，也能敲出另一首诗来。某些古诗文，我常在用时忘了，或记不准了，就给他一个电话，总能得到满意的答案。他讲课中举的例诗，多不用自己的诗。上午听到某位诗友的诗，下午讲课时就可以顺背如流。古人名句，更是如数家珍，滔滔如长江之水。讲解过程中当然要背诵，那又是一种出彩之处。浓重的湘音，低沉的音调，用鲜明的节奏"演奏"出来，却是一曲动人的乐章。我还发现了他诵读的一个"秘密"。随着诗的"起承转合"，他常在句子的开头加上一个"呃"字作为语助，而此刻必是情动于中之时，不能不"呃"！他这一"呃"，境界全出，先感动自己又感动了别人。难怪有人说，即使没完全听懂，也受到了感动。

不仅讲课，从龙兄还以极大的热情和责任感，去回答诗友的问题，为他们改诗。每次开会，诗友相聚，他的住室总是门庭若市，夜深了依旧灯火辉煌。人们常说某某人"诲人不倦"。而林从龙，却往往达到了"诲人不眠"的程度。在林从龙收到的大量来信中，甚至有学生用"师恩难忘""师恩难报"等词汇来表达他们对老师的崇敬、尊重和感激之情。

由于过度的、连续的操劳，林从龙终于倒下了。在2001年海南儋州会议上，他患了脑溢血。重病之躯使他暂时告别了诗坛。好在治疗及时、护持得当，使他逐步恢复了健康。我曾跟他开玩笑说，你不能走，当你在儋州躺在地上的时候，李白和杜甫就紧急磋商了，结论是，这个人还得回去！他的诗还远没作完，课也没讲完，振兴诗词的事还有他做的！于是，奇迹发生了。说来也怪，诗好像能辅助治病。年事已高的林从龙好像更加硬朗、健旺了。他领受着诗仙和诗圣的指令，又风风火火地站到了诗词第一线。

到今天，林从龙集63年之作品出版（实际上他写诗的时间更长）。我感觉，他似乎生来就是写诗的。他就是那个严羽在《沧浪诗话》中说的"诗有别才"的才。我一直认为，诗，是最需要以学养、品格和情性加以支撑的艺术。成就一位诗人，还要再加上一个"悟"字。妙悟，极而言之就是天才。

清时钱圆沙说："诗文之作未有不以学始之、以悟终之者，而于诗尤验。"罗马的贺拉斯也曾说："有人说，写一首好诗，是靠天才呢，还是靠艺术？我的看法是：若学而没有丰富的天才，有天才而没有训练，都归无用。"林从龙是学为基石，加上长期的社会生活和艺术实践，悟和学相得益彰，使诗的创作走向成熟。从龙以"情真、味厚、格高"为创作主旨，这方面，著名学者、中国社科院研究员谷方先生有专文论述。王安石说："丹青难写是精神。"从龙的诗可贵之处正在精神。他学养虽深但从不"掉书袋"，不以生僻艰深取胜，而是"感悟吟志，莫非自然"（《文心雕龙》）。他追求的是言近旨远、深沉含蓄。"旨"常常饱含无尽的历史沧桑感，惟如此也才能深沉含蓄。他在诗中不回避用典，但崇尚的是"如盐入水"，追求的是"不得不用而后用之……莫见其安排斗凑之迹"（叶梦得《石林诗话》）。因此，他的诗常见神韵、显深沉而少雕琢。如他的《过秦俑坑》：

> 胆丧荆卿剑，魂惊博浪椎。
> 泥封兵马俑，能否慰孤危？

这短短二十个字的五言绝句，以新奇的立意，独特的历史视角，宽厚、无尽的意韵，给人以感染和启迪。难怪老诗家、新诗友交口称赞，在诗坛乃至社会上都产生了影响。

又如他的《"七七"过卢沟桥》：

> 烽火卢沟迹已陈，长桥风物焕然新。
> 东邻未必妖氛净，忍拂残碑认弹痕！

这首高扬着爱国主义精神而又意味深沉的绝句，已被选入高等院校人文素质教育教材《大学语文》，成为今人创作古体诗入选教材的不多的例子。

从龙兄诗的功力，更多见于他的律诗中——难怪人称"诗律老手"。他工于对仗，因而也是楹联界不可多得的高手。清末学者刘熙载在他的《诗概》中说："律诗不难于凝重，亦不难于流动，难在又凝重又流动耳。"他又说："律诗要处处打得通，又要处处跳得起。草蛇灰线，生龙活虎。两般能事，当以一手兼之。"请看从龙的七律《回乡偶感》：

> 弦歌旧地夕阳斜，霜叶仍如二月花。
> 万里风尘添雪鬓，卅年魂梦绕星沙。
> 溪山犹辨儿时路，松菊难寻劫后家。
> 浊酒一杯酬父老，萍踪明日又天涯。

此诗沉郁顿挫，不仅颇似杜作，而且又能新意叠出，于杜诗门墙之外别辟路径。满目沧桑之感，满纸辛酸之情，满腔报国之志，尽在诗中，真可谓"凝重与流动"兼而得之！

从龙兄的诗，极少是苦吟于斗室之所得，而多半产生于他丰富的、充满激情的社会生活深处。如同唐朝郑綮所说："诗思在灞桥风雪驴子背上，此处何以得之？"林从龙正是关注民瘼国难，得诗于市肆坊间和山程水驿之中。他的范山模水、批风抹月之作，也都植根于历史深处而抒发于沧浪渔樵和"风雪驴子背上"，是个典型的"跨驴客"。

从龙兄虽然重视继承，但绝不泥古，反而十分看重中国人新时期的社会实践，这也反映在他讲课的范诗举例中。他求新，主要新在内容上，新在能鲜活、真切地体现时代精神。这是因为他始终坚信：成熟的传统诗词艺术形式完全能为新时代、新生活服务。

"八方风雨汇中州。"而中州的风雨，有林从龙的一份。同时，这份风雨又飘洒到了全国许多地方。中华诗国的石碑靠千千万万诗人和有识之士共同构筑。这其中，林从龙正用心血、甚至生命这样做。

作者系中华诗词学会顾问、原常务副会长

目　　录

词 选

附 录

诗选

哭 母

一九四一年九月，我在离家十里的小学读书。一日，忽报母亲猝然病逝。未能为母送终，终身抱恨。三年后，我初学写诗，成七律一首。

秋林叶落草纷披，少小辞家负笈时。

遍体线缝犹未冷，倚闾慈母竟何之！

每怀风树心如碎，常忆音容泪湿衣。

三载韶华如逝水，回头亲舍白云垂。

（一九四五年三月）

雨后凭栏

江流滚滚水浮烟，几听鱼郎唤钓船。

断浦雁惊新雨后，悲秋人困晚凉天。

孤身异地情难遣，万劫荒城思更牵。

王粲登楼深有感，风光曾否似当年？

（一九四六年九月）

麓山秋游

洞庭秋满岳云浮，此日登临望眼收。

万壑凉风翻落叶，一江晴涨漾轻鸥。

骨埋先烈山灵护，弹刻长林寇迹留。

欲话沧桑共樵子，斜阳衰草不胜愁。

（一九四六年九月）

中秋望月　二首

（一）

碧落秋高月半斜，柳梢摇影上窗纱。

飘零应被嫦娥笑，如此风光不在家。

（二）

楼头睡起怯衣单，庭桂飘香着露寒。

今夜月明秋正好，同心谁结倚栏杆？

（一九四六年九月）

病宿长沙潊湾市逆旅

牖白天初曙，砧声起古津。

寒风摇晚烛，孤馆困离人。

心共征鸿远，愁因宿雨新。

何时酬壮志，万里洗风尘。

（一九四六年九月）

雨后登眺

一帘春雨响楼西，草色青青柳絮低。

梁燕衔香归旧宅，渔翁罢钓踏新泥。

嘤鸣求友心何切，溪涨观潮眼正宜。

莫道流连痴似我，夕阳云际也依依。

（一九四八年三月）

秋夜书感

客枕清凉入梦难，羁怀无限卷帘看。

滔滔江汉连天涌，采采蒹葭着露残。

人事已随陵谷变，鹃声犹伴斗星寒。

生来只羡渔翁好，一曲沧浪一钓竿。

（一九四八年八月）

悼亡姊

别梦依依绕故家，每逢秋节忆分瓜。

兰房未叶熊罴梦，春讯偏残姊妹花。

往事萦怀催泪落，暗风吹雨入窗斜。

冰心蕙质归黄土，岁月徒增望眼赊。

（一九四九年一月）

妙高峰中学别友

春阴三月雨潇潇，山涧澜翻急晚潮。

柔柳拂窗天欲曙，离情惊梦夜无聊。

他乡落拓怜鸿爪，同室磋磨附凤毛。

此后相思应未极，碧天无际暮云高。

（一九四九年四月）

代友人挽妻

一庭风雪冷黄昏，旧思重重独倚门。

险阻共逾秦岭道，存亡终背鹿门盟。

鸣机此日空灯火，虚幌何时灭泪痕。

女史续编期妙笔，诔词聊为赋招魂！

（一九五〇年一月）

汉口车站别妻

怕听声声汽笛招，门栏咫尺似重霄。
临歧低嘱千言哽，回首相看五内焦。
一别乍惊身是客，何年重以鹊为桥？
夜窗松月吟三叠，且把心音慰寂寥。

（一九五二年十二月）

悼周恩来总理 四绝

电播哀音

哀音乍播半疑真，风雨如磐黯北辰。
整顿乾坤多少事，神州胡可失斯人！

十里送灵

伟人长睡竟何之，犹记慈容笑语迟。
最是令人哀绝处，都门百万送灵时。

永别音容

再仰遗容不可期，万民争哭盖棺时。
群山肃立江河咽，青史长留动地诗。

骨灰遍撒

泰山倾倒神州恸，功德长留举世歌。

莫向陵园寻石冢，嶙峋忠骨遍江河。

（一九七六年一月）

为粉碎"四人帮"欢呼

十载汹汹叹式微，神州谁予定安危！

雷惊大地群魔碎，霞起中天众望归。

人物喜看今日盛，山河顿改昔时非。

雄关迈步同心越，革命宏图正有为。

（一九七六年十月）

读辛弃疾《永遇乐·京口北固亭怀古》

烽火扬州眼底收，强胡未灭鬓先秋。

豪情万古谁堪匹：一曲苍凉北固楼。

（一九八〇年十月）

读陆游《书愤》

铁马冰河入梦时，孤村风雨鬓如丝。
纵横老泪终生恨：一表何人继出师。

（一九八〇年十月）

读姜夔《扬州慢》

废池乔木厌言兵，十里春风麦又青。
二十四桥烟月里，笙箫恍听旧时声。

（一九八〇年十月）

读霍公松林《登岱》诗　二首

（一）

岱岳参天气象新，云舒云卷接沧溟。
江山正待纵横笔，莫道桑榆是晚晴。

（二）

果然一览小群山，今古神融指顾间。
欲揖清芬沾化雨，年年春树望长安。

（一九八一年十月）

游赤壁 二首

(一)

拍岸惊涛万古雄，词林又谱大江东。
秋霜莫更侵斑鬓，再领风骚冀此翁。

(二)

瘦劲方知气骨真，淋漓翰墨见风神。
一支横扫千军笔，写尽江山万里春。

（一九八一年十月）

赴西安参加首届唐诗讨论会

境入秦川处处清，嘤鸣春鸟报初晴。
灞桥仍绿当年柳，渭水长流故国情。
珠玉诗成堪伯仲，龙蛇笔走任纵横。
风骚正共沧桑变，同创新声换旧声。

（一九八二年三月）

离 会

盛会喜空前，宾归赖主贤。

曲江怀胜事，雁塔赋新篇。

泾渭同疏凿，幽微任探研。

灞桥春烂漫，回望自年年。

（一九八二年三月）

过秦俑坑

胆丧荆卿剑，魂惊博浪椎。

泥封兵马俑，能否慰孤危？

（一九八二年三月）

望昭陵

几回面折与廷争，不损君臣知遇情。

人去千年三镜在，魏徵坟上望昭陵。

（一九八二年三月）

乾陵无字碑

自古簪缨重后名，飞驰托势记哀荣。
何如碑立浑无字，功罪千秋任品评。

（一九八二年三月）

秦始皇墓

终南隐隐水迢迢，表里山河冢独高。
万世递传言在耳，楚人一炬土成焦。

（一九八二年三月）

阿房宫遗址

蜂房千万落，复道彩云间。
杜老如能得，寒儒尽展颜。

（一九八二年三月）

骊山温泉

一注灵泉出地清，盈科混混几经春。
游人浴罢心花放，指点前朝说太真。

（一九八二年三月）

赠陈迩冬教授

纵横诗论见真淳，化雨春风润我心。
安得杏坛添一席，陈门立雪效程门？

（一九八二年三月）

车过苏州

文被催成墨未浓，匆匆哪复计游踪。
姑苏日午飞车过，空忆寒山夜半钟。

（一九八二年六月）

题南阳诸葛庐

白河秋水绿滢滢，庐结龙冈境倍清。
禹甸风云争入眼，汉家兴废总关情。
宏图早定三分策，神笔常挥十万兵。
千古宗臣遗像在，长依桑梓乐躬耕。

（一九八二年七月）

题汤阴岳飞庙

百战征袍血未干，黄龙欲捣见忠肝。
班师诏下旌旗黯，系狱冤沉日月寒。
三字岂能遮史册？千秋犹自仰衣冠。
人心毕竟存公道，痛抚遗碑忍泪看。

（一九八二年九月）

赠阚家蕈教授

吹波金鲫碎流霞，眼处心生句自华。
花柳无私期妙笔，江南春色胜仙家。

（一九八二年九月）

黄州远眺

萧萧故垒荻花秋，千古兴亡一望收。
历史欣开新日月，风流安论旧公侯？
波翻江汉长虹卧，雾隐荆襄大邑浮。
洗尽劫灰豪气在，同舒笑眼看神州。

（一九八二年十一月）

夜游赤壁公园

坡仙归去迹长留，云树参差碧瓦浮。
万里江流朝赤壁，千秋词赋重黄州。
芳园新辟添佳境，雅会重开话旧游。
风物依稀壬戌夜，山高月小古城楼。

（一九八二年十一月）

登西山

湖山胜迹喜长留，南北舟车汇鄂州。
望楚怜才怀屈贾，临风吊古想曹刘。
乾坤再造开新宇，文苑重光话旧游。
昂首举杯邀皓月，心潮滚滚逐江流。

（一九八二年十一月）

瞻赤壁公园二赋堂

赤壁岿然立夕阳，几回人世说沧桑。

沉沙难觅前朝戟，过客频瞻二赋堂。

满座清风仍拂面，当年白露尚横江。

欣逢壬戌重来日，桂棹同摇水一方。

（一九八二年十一月）

自京返郑途中忆臧克家老

诲我音留耳，挥毫影入神。

车行身渐远，犹自仰燕云。

（一九八二年十一月）

谒郏县三苏坟

峨眉风物古还今，穿涧攀藤访旧林。

汝水如闻声隐隐，嵩阳犹见柏森森。

一门父子三抔土，两代文章百世春。

过客匆匆情不尽，青山夜雨几回吟。

（一九八三年五月）

洛阳牡丹花会

团团锦簇涧河滨，魏紫姚黄点缀匀。
国色岂因花富贵，天香应是骨嶙峋。
一朝漫忏天皇旨，千古同夸洛浦春。
莫叹废兴园圃事，芳菲情系看花人。

（一九八三年五月）

题新修黄鹤楼

当年黄鹤喜重来，云影悠悠曙色开。
晓日升腾光万丈，大江奔涌雪千堆。
梅花笛弄江城韵，芳草诗传崔颢才。
阅尽古今天地改，神州战鼓报春回。

（一九八三年五月）

喜遇故友又言别

仰视浮云暗自伤，言欢握别两匆忙。
龟蛇不锁长江水，满载离情过武昌。

（一九八三年五月）

夜泛洞庭

薄烟如幻夜舟轻，拂面和风助客情。
露浥君山千树润，波摇楚月一湖明。
星辰垂影仙梅丽，黍稷飘香玉宇清。
新政更兼人意好，亭台箫管颂升平。

（一九八三年五月）

访君山二妃墓

斑竹依依古墓前，千秋遗事总茫然。
凭谁细向湘妃问：曾对苍梧哭楚天？

（一九八三年五月）

赠李曙初兄

正是莺飞草长时，洞庭湖上喜联诗。
波摇云影轻如梦，柳拂芳堤翠欲垂。
永忆深宵迎客至，漫嗟多难识君迟。
鹪鸰共展凌云翼，万里江天任骋驰。

（一九八三年五月）

游漓江

白练逶迤翠霭浮，水光山色两悠悠。
不辞跋涉三千里，来作漓江半日游。
人在画中犹觅画，舟行幽处好探幽。
争教身置云天外，锦绣神州一望收？

（一九八三年五月）

重游黄州

依依别梦又惊秋，水远山长访旧游。
胜迹未遑收眼底，诗潮先已涌心头。
欣聆谠论知三昧，喜见群贤荟一楼。
碧浪千重流日夜，铜琶铁板唱黄州。

（一九八三年五月）

上庐山

芒鞋竹杖上庐山，忘却霜侵两鬓斑。
锋锷纷纷奔眼底，风云滚滚荡胸间。
坡登好汉心犹壮，洞觅仙人意自闲。
夕照催归情未艾，山泉伴我尚潺潺。

（一九八三年七月）

含鄱口

亭阁崔嵬气势雄，凭栏好趁快哉风！
眸凝湖水苍茫外，人在云涛浩荡中。
起伏山峦张画本，纵横阡陌夺天工。
为将面目从头识，拄杖前攀五老峰。

（一九八三年八月）

牯岭夜 二首

（一）

灯火千家映夜空，人间天上两朦胧。
攀峰欲揽天边月，始觉琼楼隔万重。

（二）

云散风微玉宇清，繁星灯火半山明。
人间自有千般景，检点新诗入画屏。

（一九八三年八月）

题友人看庐山云涛照

万顷云涛一曲歌，慧心深处起春波。
分明一样凌寒骨，人比苍松瘦更多。

（一九八三年八月）

赠侯孝琼君

耕云播雨育新枝，二十年来懒画眉。
塞外风沙飞泪日，江城兰蕙吐芳时。
千篇改罢三更月，四韵吟安一卷诗。
惆怅轻阴兼细雨，姗姗春色总来迟。

（一九八三年八月）

访少林寺

弯弯竹径绕云冈，境入招提意转凉。
山鸟鸣风声远近，苔泉润石色苍黄。
峰回五乳张天幕，寺历千年耀佛光。
试上祖庵舒望眼，一团葱翠抹金阳。

（一九八三年九月）

探初祖庵

为将佛法启东疆，万里传经一苇航。
面壁十年禅影在，授拳四海武功扬。
门迎翠谷三秋树，庵映清流九曲肠。
劫火早随魑魅尽，漫嗟人世几沧桑。

（一九八三年九月）

登少室山

少室南原树荫浓，遗山高唱似黄钟。
声回绿映红迷句，人在千岩万壑中。
扑地闾阎开胜境，穿梭车马汇长龙。
仙凡共享升平乐，日月重光地改容。

（一九八三年九月）

望熊耳山

熊耳传闻果是非？重峦叠嶂隐霏微。
凭谁细问当年事：葱岭曾携只履归？

（一九八三年九月）

喜与岳麓诗会

暮发中州晓渡湘，清江活水我重尝。
搴来岸芷临嘉会，迎得诗人自远方。
笔走龙蛇多老宿，词成珠玉列群芳。
弘扬国粹吾侪事，振雅扬骚意未央。

（一九八三年十二月）

赠羊春秋先生

（一）

众口争传一代师，幽微探尽汉唐诗。
春风桃李花开日，正是东君得意时。

（二）

莫叹韶华过隙驹，春秋鼎盛好驰驱。
诗材浩瀚从公取，无限江山万卷书。

（一九八三年十二月）

登南岳半山亭

半山亭畔雪飘飘，冬至湘南百卉凋。
解道冰花迎远客，故依松盖献琼瑶。

（一九八三年十二月）

南岳半山亭夜话

客中还作客，萍聚半山亭。
地迥尘心净，林深夜语清。
论诗忘少长，评史慨衰兴。
莫惧风波失，江湖浪渐平。

（一九八三年十二月）

游衡阳回雁峰

红楼绿树绕江干，常使游人带笑看。
万里神州春气暖，衡阳雁阵莫惊寒。

（一九八三年十二月）

答友人

文坛邂逅岂无缘？莫向东风怨杜鹃。

诗思绾成生死结，锦笺书尽苦甘言。

怕看灯畔匀珠泪，长对天南怅夕烟。

弦语琴心余韵在，西楼月又几回圆。

（一九八三年十二月）

云麓联吟

枫叶流丹灿晚霞，三湘景物自堪夸。

上凌云麓三千界，俯瞰星沙百万家。

旧雨联吟抒慷慨，故园重到话桑麻。

明朝又是阳生日，伫看东风放百花。

（一九八三年十二月）

岁暮忆湘南行

爪泥回首总堪惊，犹记江南数日行。

湘水欢留联谊照，蜡灯诗唱半山亭。

舟航学海珠同采，节报梅花岁欲更。

爆竹数声心事涌，锦书难尽故园情。

（一九八三年十二月）

春雨初霁

阴雨连旬未识春，忽惊云散物华新。
东风染绿阶前柳，更听黄鹂四五声。

（一九八四年三月）

访杜甫故里

笔架山前一旧窑，千秋诗史接风骚。
地灵自古因人杰，嵩岳巍巍孰比高？

（一九八四年五月）

无　题

词坛有幸共驱驰，常记开怀觅句时。
西域风尘眉月上，东湖花鸟夕阳迟。
声回赤壁歌三叠，影伴君山竹几枝。
莫对桑榆嗟岁晚，漫天霞彩正宜诗。

（一九八四年五月）

题陈葆经兄《萱帏督课图》

画荻传经载简书，泷冈读罢泪如珠。
欲知寸草春晖意，请看萱帏督课图。

(一九八四年五月)

赠刘柏丽

犹忆当年唱入云，三湘兰芷竞芳芬。
九重难测风云变，万里何堪骨肉分！
赋到沧桑情倍切，身经霜雪志长存。
而今春绿津门柳，伫听黄鹂报好音。

(一九八四年五月)

咏新荷

玉立亭亭高复低，洁身何必怨污泥。
污泥不作池中物，哪得年年绿一溪！

(一九八四年五月)

育英乐

咏絮才高喜遇时，滋兰哪计鬓添丝。
风情犹见公余后，闲倚芳帏读楚辞。

（一九八四年五月）

游刘家峡

果熟瓜香日上初，新知旧雨荡平湖。
坝拦高峡千寻水，风动晴波万颗珠。
榆柳新村兴绝漠，丝绸古道变通衢。
归来未尽同游乐，更喜迎宾食有鱼。

（一九八四年八月）

赴敦煌途中与蔡厚示兄同赋

日落雄关远，乾坤两混茫。
一川边草暗，千里塞云黄。
游兴随飞雁，诗情亘大荒。
神驰汉唐世，高唱过伊凉。

（一九八四年八月）

国庆三十五周年

金鼓声声庆典开，神州生气挟风雷。

厉行新政山河改，大展宏图号角催。

万众同怀兴国志，四方争出济时才。

欣期港澳封疆复，更待台澎一笑回。

（一九八四年十月）

渡汨罗江二首

（一）

汨汨波声似旧时，隔江遥望屈原祠。

忠魂不共沉沙没，青史长留一卷诗。

（二）

秋风不改旧时波，挥泪投诗赠汨罗。

古柳系舟登泽畔，渔樵犹唱独清歌。

（一九八四年十一月）

登岳阳楼

一楼雄踞得天多，画本高张万象和。

衡岳晴岚云梦雨，巴陵山色洞庭波。

江湖廊庙同忧乐，日月乾坤任啸歌。

喜见春风帆竞发，何须垂钓羡渔蓑。

（一九八四年十一月）

登骚坛

千里来寻屈子祠，寒烟远树两依微。

芳心永共清流洁，同上骚坛读楚辞。

（一九八四年十一月）

访屈祠

轻烟一抹绕寒林，祠宇巍巍自古今。

裙屐联翩瞻屈子，几人能识九歌心？

（一九八四年十一月）

纪念孙中山先生忌辰

武关昂首入盟秦，浩气英风贯北辰。
莽莽神州嗟鼎沸，营营鬼蜮竞瓜分。
联俄联共遗三策，忧国忧民献一身。
今日舆情通两岸，灵修应召未归人。

（一九八五年三月）

登黄河游览区极目阁

云树苍茫晓雾横，山川一览古今情。
黄河水奏摇篮曲，广武风传战马声。
日月新开神禹路，园林高覆汉王城。
中州自古多才俊，击楫扬帆又远征。

（一九八五年三月）

黄河古渡忆旧

系罢轻舟觅野蹊，黄河古渡夕阳西。
沧桑共话沙沉戟，萍水同嗟爪印泥。
梦里春光仍旖旎，望中烟树转凄迷。
关山迢递人何在？试倩飞鸿送旧题。

（一九八五年五月）

访汉霸二王城

逐鹿群雄起四方，沟分楚汉定兴亡。
古今同辙知多少？漫笑山头古战场。

（一九八五年五月）

登浮天阁

岳山断雾柳凝烟，望眼空濛绿满川。
铁索连沟开胜境，人家依岭辟新田。
桥通南北车如水，河贯东西浪接天。
抢险战洪遗迹在，凭栏凝望想前贤。

（一九八五年五月）

迎涛口有怀

画舫迎涛忆昔游，风光流转几经秋。
垂杨不解离情苦，仍吐晴烟拂旧楼。

（一九八五年五月）

登太公台

太公台下浪推沙，战马嘶鸣落日斜。
莫叹鸿沟分汉楚，而今四海已为家。

（一九八五年五月）

广武山抒怀

千秋广武阅兴衰，遗事纷纷动客思。
虎掷龙挐元令句，长河落日右丞诗。
人传竖子成名叹，山忆中原逐鹿时。
古堡而今春送暖，野桃含笑柳如丝。

（一九八五年五月）

大禹山道中

沧桑几变古风存，犬吠鸡鸣处处闻。
酒渴无须寻野户，沿途扑枣任游人。

（一九八五年五月）

入　蜀

探胜何妨老入川，谁云难似上青天？
秦关突兀千车过，汉栈萦纡一线穿。
物阜喜看天府国，兴高频诵杜陵篇。
明朝浩荡烟波上，万里风帆向日边。

（一九八五年七月）

访杜甫草堂

梅芳竹翠水泱泱，风物千年护草堂。
久客泪含家国痛，长吟诗放斗牛光。
花溪熟路情尤切，茅屋秋风意转凉。
世换新天公足慰，欢颜广厦遍城乡。

（一九八五年七月）

上峨眉山

萦纡石径覆轻阴，雨后峨眉分外青。
钟响半天开佛阁，烟横平野见江城。
清流激石珠千颗，高树回风鸟几声。
欲觅仙踪登极顶，山翁指处白云生。

（一九八五年七月）

题武侯祠

为酬三顾事戎行，拓土安边运策长。

青史早传真胆略，白头今见古祠堂。

君臣一体风云会，对表双悬日月光。

人去千年遗爱在，闲听父老说沧桑。

（一九八五年七月）

过石岭关

细路红尘往复还，当年几度望家山。

诗翁去后流风在，千载人寻石岭关。

（一九八五年九月）

题古秀容城楼

三晋云山赴秀容，古城楼外柳阴浓。

诗源不共金源尽，十卷中州嗣杜风。

（一九八五年九月）

野史亭抒怀

为寻遗墨话兴亡，辗转三河两鬓霜。
宗社丘墟诗史在，古亭辉映日星光。

（一九八五年九月）

游晋祠

叔虞祠畔驻游踪，三晋云山在眼中。
汾水源长绵福泽，唐碑文古记桐封。
梁飞鱼沼波犹绿，人会仙桥日正红。
十里稻花香送客，归车何乃太匆匆？

（一九八五年九月）

晋北漫游

叠嶂层峦一径通，飞车直欲上秋穹。
神峰遥峙苍茫外，佛阁高悬缥缈中。
塔映晨曦金塞近，关名锁钥晋城雄。
幽并豪气今犹在，汾水奔流日夜东。

（一九八五年九月）

送友人伉俪之西湖

心有灵犀一线牵，琴音书味自天缘。
早将诗思传青鸟，同把春情付彩笺。
曲院风和莲并蒂，三潭波朗月长圆。
踏开世上崎岖路，重谱关雎瑰丽篇。

（一九八五年九月）

登沧浪阁

闽北来寻隐者居，沧浪阁上惠风徐。
千秋诗话传中外，一幅溪山入画图。
妙悟方能真得趣，断章休讪不关书。
诗词贵在吟情性，检读遗篇兴有余。

（一九八五年十一月）

山 泉

破石穿崖路万千，层冰过后又涓涓。
泉流也似人生道，历尽崎岖别有天。

（一九八六年一月）

无花果

春华秋实古今然，我独无花果亦鲜。
不羡柳丝吹白絮，但凭袅袅得春先。

（一九八六年一月）

哭钱宗仁

四十年华盖世才，果真才命两相摧？
愿将一掬胡杨泪，洗尽怀才不遇哀。

（一九八六年一月）

谒巩县杜甫墓

山川何幸育诗翁，一代唐音振国风。
词海波澜来笔底，生民疾苦系胸中。
飘零徒有沙鸥叹，荒寂难寻马鬣封。
果是文章憎命达？几回翘首望青松。

（一九八六年四月）

澜沧江边蝴蝶会

为爱枝间蕊，何妨露湿衣。

穿花娱杜老，滴翠戏杨妃。

羞与狂蜂伴，常随洁絮飞。

澜沧春讯早，嘉会撷芳菲。

（一九八六年四月）

登西安大雁塔

千秋骚客系吟魂，一塔依然耸古原。

悟理嘉州千虑解，哀时工部百忧翻。

秦关犹壮山河色，汉阙长留岁月痕。

泾渭早期疏凿手，谁凭巨帚净乾坤？

（一九八六年五月）

登山海关城楼

海岳雄奇接两间，苍茫浩气贯人寰。

心随巨浪高千丈，足踏长城第一关。

燕塞湖飞双索道，秦皇岛泊五洲船。

古来生死交锋地，翻作今朝画卷看！

（一九八六年六月）

秋怀 二首

(一)

漫言春梦了无痕，犹记闲斋笑语温。
花影姗姗帘半卷，小楼谁伴咏黄昏？

(二)

怕看秋风起绿波，镜中愁鬓竟如何？
可怜病骨萦诗思，人比黄花瘦更多！

（一九八六年九月）

岳阳话旧

渔歌一曲洞庭春，犹记当年觅句新。
云外家山天外雁，书中乡思梦中人。
灯前欢笑情如旧，劫后奔波志未泯。
更喜政通兴百废，相逢何用叹风尘！

（一九八七年五月）

君　山

不管冲天巨浪侵，君山一点古而今。
诗仙酒后狂言发，划却平铺苦用心。

（一九八七年五月）

大兴安岭火灾

曲突何曾问徙薪，素餐高枕避风尘。
冲天一炬怜焦土，百代资源亿众心！

（一九八七年六月）

赠周谷城教授

莫道侯门似海深，每于公暇伴长吟。
位尊不改山泉性，年迈犹怀国士心。
笔走龙蛇明气骨，诗成珠玉荟琼林。
渊源应溯濂溪水，君子风高自古今。

（一九八七年六月）

"七七"过卢沟桥

烽火卢沟迹已陈，长桥风物焕然新。
东邻未必妖氛净，忍拂残碑认弹痕！

（一九八七年六月）

欣应湖南诗友约

一纸乡书抵万金，麓山重访旧园林。
楚歌声应心相印，湘水流长谊共深。
喜与华堂聆谠论，更期嘉会伴高吟。
南云引领情无限，聊寄天涯客子心。

（一九八七年八月）

日本吟诗代表团莅郑即兴

黄水欢歌嵩岳舞，为迎远客写吟笺。
难忘握手言欢日，共诵乌啼月落篇。

（一九八七年九月）

参加技术职称测试有感

爪泥回首总堪伤，四十年前旧考场。
学海久航珠带泪，头巾未祭鬓飞霜。
腹无韬略酬家国，心有灵犀贯汉唐。
世盛何须悲老大，秋光灿灿胜春光。

（一九八七年十一月）

中州菊咏

寥廓霜天瑞气融，满园佳菊笑秋风。
斑斓不借丹青手，浓淡浑成锦绣丛。
盛代岂甘居世外？高情何必向篱东。
凌寒自有铮铮骨，甘与松梅对雪空。

（一九八七年十一月）

贺辽宁诗词学会成立

辽沈传吟讯，东风焕物华。
冰消江水阔，叶绽柳丝斜。
大雅赓新韵，明时吐艳花。
中华诗国度，歌咏起千家。

（一九八八年三月）

题开封包公祠

刑赏存心正，亲疏执法同。

茫茫观宦海，今古几包公？

（一九八八年三月）

新晃风光赞

天雷雄踞怯征鞍，雪覆层峦夕照寒。

众壑高低云浩瀚，繁花红紫影斑斓。

钟传古寺庵堂界，径绕长林悬镜山。

胜境邀人抒慷慨，岂宜徒作画图看！

（一九八八年三月）

喜读《猛洞诗声》

少时熟读桃源记，爱听秦人说武陵。

一纸珠玑传雅韵，五溪风月振诗声。

酉河春水千帆竞，猛洞群山万木荣。

何日吟坛陪末座，同挥彩笔话乡情？

（一九八八年三月）

喜读上海《雏凤诗词》

文运鸿开喜遇时，沉埋金剑展新姿。
神龙胸蓄青云志，雏凤声传碧玉枝。
河汉江淮争入海，兴观群怨总宜诗。
艺林今日花千树，得意春风任骋驰。

（一九八八年五月）

怀黄河题咏会旧游

河滨垂柳又飞花，烟水茫茫浸远霞。
飞桨客留波荡影，鸣琴曲和浪淘沙。
为寻遗事询耆旧，同上高台览物华。
胜地重临情倍切，可堪芳草各天涯！

（一九八八年五月）

株洲玻璃厂采风

从来韵事盛湘中，喜趁芳辰共采风。
翠耸石峰珠一颗，情融春水浪千重。
夹丝巧借经纶手，泛彩全凭点染工。
拔地琼楼光四溢，新天日月万家同。

（一九八八年五月）

访武夷山水帘洞

闽北寻幽一径通，蝉鸣蛙吹两浑融。

歌回碧水丹山外，人在诗情画意中。

鹰嘴含枝迎晓日，珠帘飞雨舞晴空。

高吟幸有江山助，争谱新词趁好风。

（一九八八年五月）

登武夷山天游峰与侯孝琼君联咏

杖履天游路，泉声伴客吟。

云生山入梦，风定鸟安林。

霄汉千重隔，仙凡一界分。

居高尘自远，宠辱不惊心。

（一九八八年五月）

武夷山桃源洞

秦人鸡犬伴疏篱，洞口桃花恋故枝。

仙境果从天上落，名山应笑我来迟。

（一九八八年五月）

桃源洞寻幽

沿溪苔石净无尘，依旧桃林待问津。
云外鸡声疑隔世，洞中风物果怡神。
碑铭晋代耕桑地，情系秦时避乱人。
度尽劫波诗兴在，今朝同赏武陵春。

（一九八八年五月）

过流香涧

苍崖夹树树生花，一线天光石径斜。
壁峭山泉争泻练，林深野笋自抽芽。
歌吟互答声传谷，裙屐联翩迹印沙。
路转溪桥田舍见，村姑捧出水仙茶。

（一九八八年五月）

巩县兴建杜甫陵园喜赋

嵩峰遥接虎牢关，伊洛黄河汇此间。
万里川原存浩气，千秋诗史仰高山。
何堪老病催舟发，犹冀青春作伴还。
今日吟魂应笑慰，陵园葱郁对瑶湾。

（一九八八年五月）

全国屈原杯龙舟赛纪盛

冲天爆竹起笙箫，似箭龙舟破碧涛。
桡影频催人俯仰，鼓声时逐浪低高。
腾空阵阵飞祥鸽，隔岸双双舞彩蛟。
屈子有灵应一笑，芰裳兰佩下重霄。

（一九八八年六月）

宝丰酒颂

诗酒逢嘉会，春风笑语温。
一经高士品，千古盛名存。
清照银蟾影，香凝玉桂魂。
酒家行处有，岂独杏花村。

（一九八八年六月）

赞宝丰

宝丰从古擅嘉名，新酿香飘景更清。
程颢兴豪曾品酒，遗山诗好自怡情。
峰迎人面青屏出，水泻花溪白雾生。
最喜绿阴交映处，高低红紫啭流莺。

（一九八八年六月）

登黄狮寨望金鞭溪

风动松涛翠欲流，群峰高接楚天秋。

金鞭日出黄狮雨，潋滟空濛一望收。

（一九八八年六月）

题冷水江波月洞

胜境新开冷水边，身临波月任流连。

石屏精绘难摹景，玉柱高擎欲坠天。

宴罢楼台灯火下，钓归帆影晚风牵。

依依洞口频回首，犹听松涛响管弦。

（一九八八年六月）

回乡为先母建墓碑

桑柘依稀认旧林，迟归游子泪难禁。

髫年遽抱终天恨，马鬣时萦寸草心。

表阙泷冈惭岁久，碑铭庐墓感恩深。

临行犹记辞亲日，母线儿衣未忍吟。

（一九八八年六月）

答新晃龙溪诗社诸友

昂首神龙气吐霓，三湘灵秀毓龙溪。
情深手足怀征客，韵薄风骚见绣题。
北国惯看春雪舞，南园恍听晓莺啼。
何时新晃浓阴路，共话桑麻到日西？

（一九八八年六月）

读熊鉴《路边吟草》二首

（一）

吟草丛丛出路边，云翻雨覆记当年。
难忘慷慨谈心夜，同赋苍凉感旧篇。
膏斧何辞真国士，握瑜难用早春天。
诗情史论骚人泪，齐汇毫端写大千。

（二）

赋到炎凉句自神，奚囊长共世情新。
十年劫火锤铮骨，数卷奇诗记暴秦。
白眼步兵看狎客，丹诚容若许词人。
心香一瓣为君祝：珍重桑榆老病身。

（一九八八年八月）

赠熊鉴刘人寿王自成诸兄

文运兴衰自有时，茫茫坠绪共扶持。

倚楼人对三更月，点铁心倾一字师。

乡梦频惊为客久，生涯多难识君迟。

耕耘莫起桑榆叹，濡沫能青两鬓丝。

（一九八八年八月）

喜读《中国老年》

开卷如闻玉振声，凌云健笔意纵横。

耆年心醉诗书苑，故土魂归骨肉情。

国泰喜将余热献，寿高同庆晚霞明。

阳回斗转春长在，泉自涓涓木自荣。

（一九八八年八月）

哭华钟彦先生

梁园风雨黯词林，九曲回肠百感侵。

笔底行云惊妙句，庭前立雪忆高吟。

穷通不改丁年志，兴废时萦白首心。

未许中州遗一老，昊天偏妒护花人。

（一九八八年八月）

纪念秦观编管横州八百九十周年

淮海风流举世知，漫云渠是女郎诗。

梁园对客挥毫日，孤馆传书砌恨时。

情寄新章柔似水，愁牵微雨细如丝。

舟车南北横州汇，共仰词林一代师。

（一九八八年十月）

题《金瓶插红梅》国画

冰肌新着绮罗裳，更喜金瓶贮暗香。

不向池塘横素影，也随时世斗新妆。

（一九八八年十月）

贺山东省诗词学会成立

地犹邹邑接王宫，齐鲁川原自古雄。

孔圣登山天地小，黄河入海水云通。

谊联南北东西友，诗继兴观群怨风。

文运从来关国运，强音高奏贯长虹。

（一九八八年十月）

贺海南省诗词学会成立

古树奇花锁翠岚，历经霜雪暗香含。
东风一夜穿林过，开遍江南更海南。

（一九八八年十月）

赞江海沧《法门寺印谱》

扶风灵秀世无伦，寺历隋唐草自春。
佛法千秋存圣冢，香华万里接芳邻。
云中日映层峦翠，地下宫藏绝代珍。
胜概从来期妙笔，江郎印谱更传神。

（一九八八年十月）

看电视剧《王昭君》

血染长城战骨多，琵琶一曲罢干戈。
昭君本是人中杰，涕泪何曾湿绮罗！

（一九八八年十月）

贺第二届当代诗词研讨会

花城韵事得春先，宾至如归赖主贤。
天宝万方夸健力，物华三水竞芳妍。
同疏泾渭亲风雅，共话沧桑感变迁。
欲问诗情何所似？珠江波涌白云边。

（一九八八年十一月）

偕曙初人寿诸兄登三水文塔

文塔耸云天，登临览大千。
有心留一级，更上待来年。

（一九八八年十一月）

读李汝伦《紫玉箫集》

锐眼观人气未平，胸藏块垒以诗鸣。
伤时难遏冲冠怒，出洞何愁打草惊。
哀怨本源心与性，哭歌难尽泪和声。
玉箫奏与知音听，一曲终时一段情。

（一九八八年十一月）

寄侯孝琼君

芝兰丽质自天生，华夏词坛记战程。
画阁舞旋三水驿，蜡灯诗唱半山亭。
难忘赤壁联吟日，恍听丹崖荡筏声。
应约又将临塞外，茫茫四野草青青。

（一九八八年十一月）

喜与刘人寿兄家宴

早望龙门托，今宵素志谐。
推心谈世事，琢句畅吟怀。
酒美香盈盏，情欢笑满斋。
邻鸡催过客，明日又天涯。

（一九八八年十一月）

感 事

世变纷纷瞬息中，盛衰常理总相同。
人才辈出源师道，国运重兴恃党风。
身正令行星拱北，亲离众叛水流东。
载舟早有箴言在，天下归心政自通。

（一九八八年十一月）

寄 人

壮岁探骊气浩然，自矜身遇艳阳天。
风霜南北三千里，甘苦沉浮四十年。
丝欲尽时犹作茧，鱼无羡意不临渊。
清吟幸有桑榆乐，懒向秋波哭逝川。

（一九八八年十一月）

评职称有悟

皓首穷经枉自劳，凌云赋就没蓬蒿。
何如学得蝇营术，官位高时学位高。

（一九八八年十一月）

穿衣镜

一镜高悬逆旅中，甘为过客整仪容。
争如透视功能大，照见人心黑与红！

（一九八八年十二月）

寒暑表

晶莹一表耀银光，汞柱高低枉自忙。
只辨温差知冷暖，不知世态有炎凉。

（一九八八年十二月）

岁暮忆东遨

西窗谁与伴黄昏？犹记殷殷夜叩门。
忧国纵谈天下事，怀乡同忆里中园。
忘年谊结芝兰室，品句心倾肺腑言。
引领南天情眷眷，望城烟雨系吟魂。

（一九八八年十二月）

纪念空海大师入唐一○五○周年

山川虽异域，风月喜同天。
万里传高谊，千秋结善缘。

（一九八九年三月）

欢迎日本定型诗代表团

华夏唐音早定型，绿蓑青笠伴斜风。
天皇最爱渔歌子，五首新词唱到今。

（一九八九年三月）

重游索溪峪

妩媚相看两未忘，索溪重赏好风光。
四门水绕摇云影，十里山环列画廊。
龙穴已随沉海露，鸟声犹带野花香。
人间自有天堂在，岂必蓬莱是帝乡！

（一九八九年八月）

哭刘树勋乡兄

星沙夜话忆犹新，忍听南天报噩音。
久仰文章惊翰海，更看桃李满公门。
廿年霜剑风刀路，一片孤臣孽子心。
此去泉台应寂寂，大江呜咽送吟魂！

（一九八九年八月）

步韵答谢刘人寿兄

星沙几度忆言欢，话到沧桑思渺漫。
联句每嫌春夜短，临歧顿感别时难。
眼看世态凉和热，情系家园水复山。
激烈壮怀犹未已，相期笔底起波澜。

（一九八九年八月）

贺南宁市葵花诗社建社五周年

珠玉纷呈翰墨场，南宁自古号诗乡。
葵花本是多情物，一颗丹心总向阳。

（一九八九年八月）

南岳忠烈祠建祠五十周年祭

英风凛凛骨嶙峋，祠宇巍巍五十春。
忍看狼烟污圣土？誓驱铁马净妖氛。
沙场竟遂成仁志，史册长铭报国勋。
两岸馨香同一奠，楚天寥廓赋招魂。

（一九八九年八月）

回乡偶感

弦歌旧地夕阳斜，霜叶仍如二月花。
万里风尘添雪鬓，卅年魂梦绕星沙。
溪山犹辨儿时路，松菊难寻劫后家。
浊酒一杯酬父老，萍踪明日又天涯。

（一九八九年十一月）

己巳除夕书怀

院落千家爆竹鸣，夜空烟火灭还明。
人沿乡土迎春俗，谁解天涯作客情？
国际风云因世异，胸中块垒伴寒生。
钟声忽报蛇年尽，伫候欣欣木向荣。

（一九九〇年二月）

悼中华诗词学会周一萍副会长

忽听诗坛一柱倾，深宵逆旅梦魂惊。
洛阳花溅伤春泪，黄水风传感旧声。
壮岁旌旗屯细柳，晚年觞咏胜兰亭。
斯文未丧骚音在，高格峥嵘启众英。

（一九九〇年三月）

答汪民全兄约游广西思陵山

杂花生树绿萝春，曲水悠悠燕尾分。

山列诸峦天似盖，眼低层塔足凌云。

芳华共撷人长好，雅韵相酬思不群。

岂是登临娱暇日，尚思为国净边氛。

（一九九〇年三月）

怀岳阳李曙初兄

忆来频诵洞庭词，又是名湖一碧时。

云雁望残南国信，杨花落尽暮春枝。

难随芳草天涯绿，独对西窗月影移。

坤转乾旋情不老，桑蚕犹有未抽丝。

（一九九〇年三月）

读夏明翰烈士诗

浩气长留史册新，遗诗重读泪沾巾。

昂头就义缘家国，愧死蝇营狗苟人。

（一九九〇年三月）

青岛访康有为故居

文狱兴时帝业虚，新潮犹荡有为居。
当年若果开言路，怎有公车愤上书！

（一九九〇年八月）

题河南原阳博浪沙碑亭

博浪椎秦胆气豪，祖龙社稷已惊摇。
论功大泽陈吴辈，怎及留侯一击高！

（一九九〇年十月）

祝洞庭诗社成立十周年

忍看风骚逐逝波，十年高唱洞庭歌。
体坛范例如堪效，合把金牌授几多？

（一九九一年一月）

洞庭之歌

一湖吞吐百川流，放眼乾坤日夜浮。
纵有洞庭诗万首，焉能写尽楚天秋！

（一九九一年一月）

新世纪饭店迎春诗会即兴

时代强音气自豪，情真味厚格尤高。
群英共颂中兴盛，上薄唐音接楚骚。

（一九九一年一月）

贺《当代诗词》创刊十周年

报春梅萼不知寒，独放南天耀艺坛。
序效四诗风雅颂，情融一代苦甜酸。
全凭法眼分泾渭，更秉公心育蕙兰。
文苑风烟仍未净，勿忘修远路漫漫。

（一九九一年五月）

参观深圳"锦绣中华"

漫嗟海角即天涯，南北游人各认家。
巧纳须弥于芥子，江山锦绣看中华。

（一九九一年五月）

题飞霞山东坡亭

花香静处寒天月，蝶梦酣时午夜风。
才士名山两相得，千秋人自念坡公。

（一九九一年五月）

舟中看飞霞山

一阁流丹悬象外，千山送绿到江心。
飞霞好在舟中看，忘却身为画里人。

（一九九一年五月）

机临广州夜空

人自空中落，机从郭外斜。
云霞垂锦绣，灯火走龙蛇。
鹏翼三千里，羊城百万家。
航天今有术，何必泛仙槎！

（一九九一年十月）

游雁荡山灵峰

莫问身登第几层，此心早与白云平。
灵峰合掌如迎客，更有源头一脉清。

（一九九一年十一月）

赠后浪诗社社长周燕婷

喜听后浪发高吟，字字心声见性真。
每诵一丝情分句，诗魂飞度岭南云。

（一九九一年十二月）

《渴望》观后 六首

（一）

剔除武打床头戏，一阵清风拂面来。
万户千家谈《渴望》，荧屏喜见好花开。

（二）

不编怪诞离奇事，但写寻常苦乐情。
未息一波波又起，环环牵动万人心。

（三）

"十年浩劫"生民泪，几代伤痕一剧中。
岂是个人恩与怨，两家忧患万家同。

（四）

人间离合悲欢事，剧里甜酸苦辣情。
《渴望》缘何人渴望，源于生活写心声。

（五）

世风自有澄清日，莫对炎凉唤奈何！
谁说真情无觅处，人间总是好人多。

（六）

虎斗龙争枯万骨，王侯将相不须夸。
劝君挥动生花笔，大写寻常百姓家。

（一九九一年十二月）

贺格尔木市昆仑风韵社成立

独标风韵耸高山，引得词人刮目看。
西出昆仑东入海，百川齐汇壮骚坛。

（一九九一年十二月）

喜与南安诗会

南安古郡号诗乡，处处弦歌似盛唐。
一自贵峰诗会后，笔端犹带武荣香。

（一九九二年七月）

乘舟赴九江为白鹿洞女子诗会讲学

青峦西峙水流东，锦绣江山在眼中。
照影不愁双鬓雪，寻诗喜趁一帆风。
黄花比瘦翻新韵，白鹿传经觅旧踪。
飞渡乱云今已矣，香炉想又紫烟笼。

（一九九二年十月）

中华诗词大赛终评书感

劫后河山雨露稠，词林美景不胜收。
全凭法眼分高下，何必朱衣暗点头。

（一九九二年十月）

读李义山诗

千载无题白雪音，郑笺谁识义山真。
可怜嫩箨香飘日，竟剪凌云一寸心！

（一九九二年十月）

题林曼兰《中国历史人物百咏》

八闽华胄一词人，心有灵犀句有神。
学海久航珠献彩，英豪频咏句生春。
敢将正气匡时弊，更起骚音继泗滨。
千古凌烟彰伟绩，招魂尤见性情真。

（一九九二年十月）

海南诗会后送别台湾袁修文先生

诗坛邂逅岂无缘？一点灵犀两岸牵。
携手河梁情眷眷，相期重会待来年。

（一九九二年十一月）

题《白雉山诗选》

词林联苑擅嘉名，云树徒劳仰止情。
读罢华章难入梦，枕边犹听海涛声。

（一九九二年十二月）

题白香山故居

不嘲风月弄词章，时事歌吟句自香。

讽谕首倡新乐府，谪迁难换旧心肠。

江南泽被生民乐，长庆诗传丽日光。

千载故居人共仰，苍苍邙岭水泱泱。

（一九九三年四月）

哭刘家传诗丈

星沙屡谒便河边，陋室清芬尚宛然。

人海澜翻钦劲节，诗坛韵旧喜新编。

逸才健笔成千古，怒吼高吟震九天。

一串心声惊绝响，深宵抚读泪如泉。

（一九九三年四月）

答周燕婷吟友

月满蓬壶灿烂灯，珠江波朗喜初迎。

鸿飞南国寻诗梦，马跃中州践旧盟。

结谊有缘春未晚，生花乏笔句难成。

素笺读罢人如见，不唱阳关第四声。

（一九九三年五月）

题朱仙镇岳庙碑林 三首

(一)

庙宇巍巍岁月深，乾坤浩气郁碑林。
金牌痛哭班师地，铁马驱驰报国心。
三字奇冤惊赤县，千秋青史写丹忱。
时贤词赋明清碣，瓣瓣心香自古今。

(二)

青城几度竖降旗，宋灭金随似弈棋。
一代兴亡流水杳，千秋忠佞寸心知。
功名尘土空凌阁，肝胆光辉耀古祠。
御侮剪妖今亦昔，雄风留取万民师。

(三)

百战军威一撼难，谁云王业是偏安？
眼看北国旌旗奋，诏下中原父老寒。
三字奇冤惊史册，千秋名帅壮河山。
人心永忆朱仙镇，道道丰碑写寸丹。

（一九九三年五月）

咏 梅

玉骨冰肌岂受尘？自甘篱落乐真淳。
一枝香透江南雪，预报人间万象春。

（一九九三年五月）

颂 兰

亲兰如与善人交，举世咸钦格调高。
花以诗传光史册，千秋兰谱伴风骚。

（一九九三年五月）

赞 竹

平生最爱萧萧竹，鲠骨虚心节更高。
终夜为民鸣疾苦，冲冠气势欲凌霄。

（一九九三年五月）

赏菊 二首

（一）

飒飒西风百卉空，妖娆偏放雪霜中。
羡君一副嶙峋骨，敢顶人间不正风。

（二）

不与群芳斗色新，千红万紫对霜晨。
岂甘自洁矜孤傲，为使神州四季春。

（一九九三年五月）

咏 松

雪化知高洁，天寒识后凋。
终年凌绝顶，闲卧看云涛。

（一九九三年五月）

题徐子开《松涛吟稿》

味厚情真格更高，徐郎豪气似松涛。
同扶坠绪亲风雅，喜见黄州有凤毛。

（一九九三年五月）

病榻前赠张毓昆兄

南安有幸结诗缘，促膝聆公肺腑言。
世上疮痍心上泪，一生革命半生冤。
春回不叹桑榆晚，笔健仍多慷慨篇。
病榻问安长执手，相期霞灿鹍鸰原。

（一九九三年七月）

汉中行

关中放眼黍离离，千古兴亡动客思。
烽火谣传褒姒邑，风云灵护武侯祠。
石门颂焕书家彩，拜将坛余国士悲。
世事匆匆如走马，输赢未了一盘棋。

（一九九三年十月）

赠谢叔颐吟长

丹心报国竟罹殃，大梦醒时鬓已霜。
留得江南诗史在，骚坛长射斗牛光。

（一九九三年十月）

《新中国第一大案》观后

一道倡廉反腐题，当年大案震中西。
杀鸡旨在供猴看，今见猴儿反杀鸡。

（一九九三年十月）

参观开封菊展

云淡天高爽气催，满城红紫斗芳菲。
漫嗟人比黄花瘦，世异时移菊也肥。

（一九九三年十月）

题俞平伯纪念馆

读破残篇为探幽，毕生心血付红楼。
可怜一把辛酸泪，竟伴诗翁到白头。

（一九九三年十月）

赠李真将军

昔年驰骋疆场将，今日纵横翰墨场。
摒却莺花风月句，金戈铁马入诗囊。

（一九九三年十月）

全球汉诗第四届澳门年会

中华疆土起重关，欲振风骚出境难。
满座衣冠尽华语，此间终是汉江山。

（一九九三年十月）

论　诗

语贵天然性贵真，何劳苦弄黛眉新。
海棠风韵梅花格，占尽人间浅淡春。

（一九九三年十一月）

赠张世英同志

《郑州晚报》载：张世英市长大年三十打电话到市民家，问暖嘘寒，祝贺春节。

岁序更新赏物华，漫天霞彩映银花。
深宵电话铃声响，春到寻常百姓家。

（一九九四年二月）

喜看中央电视台九四春节联欢晚会

狂热追星起海涯，雅音深锁寂无华。
东风吹醒文坛梦，喜看荧屏吐艳花。

（一九九四年二月）

题《程云鹤诗集》

大器从来重晚成，诗词贵在有真情。
喜看卧虎藏龙地，又起珠圆玉润声。

（一九九四年三月）

春游龙虎山

三月春风万物舒，名山幽渺胜蓬壶。

神仙有术驯龙虎，尘世凭谁治鼠狐？

十二亿心思稳定，五千年事未模糊。

良方欲向天师借，又恐天师属子虚。

（一九九四年四月）

泛筏泸溪

莺花三月暮，竹筏泛泸湾。

闻道天孙石，曾烧老祖丹。

峰飞云外峭，日坠水中寒。

欲结渔樵侣，江湖梦已残。

（一九九四年四月）

祝第二届中华青年诗词研讨会在广东清远召开

禺峡水云横，飞霞绮丽生。

岭南春讯早，群凤发新声。

（一九九四年六月）

和刘人寿兄从化温泉即兴原玉

泉水千秋涌，风骚百代心。
笑他名利客，梦寐系升沉。

（一九九四年六月）

剪 彩

《报刊文摘》一九九五年一月十九日载：四川永川市竟办赌城，市几套班子成员整装赴会，亲自剪彩。

佳丽横牵彩带长，几班人物貌堂堂。
剪除旧禁开新例，华夏公然设赌场。

（一九九三年五月）

赞郑州四桥一路建成

喜看复道果行空，如水车流面面通。
商战正酣春似海，四桥一路展雄风。

（一九九五年二月）

题南宁武鸣仙家院

仙家院内日融融，师庆于兹悟色空。
当日弃官修道去，满山红豆伴晨钟。

（一九九五年二月）

"达浏花炮杯"纪念谭嗣同诞生
一百四十周年应征之作　二首

（一）

百年国耻图煎雪，怒对屠刀心似铁。
花炮浏阳赫赫名，只缘中有英雄血。

（二）

图强变法高风节，头断血流腰不折。
英雄儿女放烟花，光耀长空扬伟烈。

（一九九五年三月）

贺青海诗词学会成立

青海红霞耀雪山，诗情飞度玉门关。
愿凭化雨春风力，共育神州九畹兰。

（一九九五年三月）

温州江心寺别木鱼法师

古寺江心几过从，林花又见谢春红。
法师也下临歧泪，漫道禅关色相空。

（一九九五年六月）

谒文天祥祠

豪壮琴声寄慨多，指间常绕宋山河。
而今急管繁弦地，谁奏文公正气歌。

（一九九五年六月）

为"鹿鸣杯"评诗三赴温州喜赋

虹销雨霁彩云开，为振风骚几度来。
春草千年灵运句，华章三万鹿鸣杯。
探珠骊海凭高眼，折桂蟾宫赏俊才。
时代强音收笔底，破天惊起九州雷。

（一九九五年六月）

谒郑成功祠

金瓯无缺壮心存，东渡挥师振国魂。
云树不遮天咫尺，郑公祠上望金门。

（一九九五年七月）

福州留别建理乃卿兄嫂

少小难忘并戍边，隔江烽火正连天。
别来湖海三千里，梦绕云山四十年。
诗赋重温文祸后，沧桑共话夜灯前。
临歧早定明春约，同立神嵩最上巅。

（一九九五年七月）

抗日胜利五十周年感赋

摧城战雾起东瀛，锦绣河山铁骑横。
黑水旗飘亡国恨，松江人唱忆家声。
八年戎马征程苦，一纸降书玉宇清。
面对比邻修旧好，万人坑上总心惊。

（一九九五年八月）

登友谊关

岿然石壁锁雄关，玉帛干戈汇此间。
几度烽烟消散后，青山依旧白云闲。

（一九九五年八月）

咏汉代舞蹈家赵飞燕

高精舞艺冠群英，青史何曾享令名。
窃怪千秋文士笔，风流只赏掌中轻。

（一九九五年八月）

机上口占

放眼机窗外，云天一色秋。

江河飘玉带，城郭垒浮丘。

山径羊肠曲，田园画境幽。

星州今日到，花海任遨游。

（一九九五年十月）

新加坡晚眺

车如流水静无哗，华语温存恍到家。

深夜凭栏舒望眼，半城霓彩半城花。

（一九九五年十月）

新加坡诗会上赠台湾丁润如诗翁

矍铄老诗翁，高谈气若虹。

星洲亲德范，艺苑仰清风。

云水千重隔，炎黄一脉通。

相期扶大雅，明月此心同。

（一九九五年十月）

赴南宁机上口占

一封邀柬自南疆，满载诗情到上苍。
银翼穿云红日近，晴空放眼碧天长。
心连旧谊兼新谊，身在他乡似故乡。
何必临歧挥别泪，嵩山正待赏风光。

（一九九五年十月）

答王力坚博士

雅俗何须楚汉分，情真自可语惊人。
天然春草池塘韵，流入心田万古新。

（一九九五年十月）

论 诗

读遍前贤万卷书，植根生活眼宽舒。
惊秋桐叶知春鸭，物类犹明气候殊。

（一九九五年十月）

致晓虹

星洲邂逅岂无缘？一点灵犀系海天。
诗艺探幽情未已，花城览胜梦为牵。
欢声笑影萦心曲，彩照云笺耀眼帘。
待到春风三月暮，洛阳同赏牡丹妍。

（一九九五年十月）

谢张仙鹤吟友赠花

开门迎韵友，耀眼百花鲜。
行色因君壮，诗情自此牵。
曾经沧海水，同泛大河船。
莫起桑榆叹，红霞正满天。

（一九九五年十月）

飞赴深圳

青鸟传邀柬，腾空赴海隅。
挺松青嶂立，飞絮白云舒。
灯影随高下，机声似有无。
忽传深圳近，碧水捧明珠。

（一九九五年十月）

金婚赠咏梅

比翼情深老更痴，艰辛共历鬓如丝。
江城战后重逢夜，沩水舟中惜别时。
推食饥年怜我瘦，藏诗劫日感君知。
人间果有三生石，定刻梅花并蒂枝。

（一九九五年十二月）

丙子新春看电视剧《苍天在上》

送旧迎新七十霜，民间争道又春阳。
惯听舞燕歌莺颂，忍看城狐社鼠狂！
反腐治标宜治本，惩贪擒贼应擒王。
人心向背知兴废，何用孜孜问上苍！

（一九九六年一月）

丙子新春呈周谷老

风雷湘岳动，啸傲赫曦台。
韵吐凌云志，胸怀济世才。
经纶筹上策，桃李树良材。
俯仰皆无愧，迎春接福来。

（一九九六年一月）

纪念柳青八十诞辰

高名久仰梦中寻，忍听文坛报噩音。
创业长安挥彩笔，扎根皇甫见丹心。
妖风骤起千山黯，文狱齐兴万马喑。
斗转星移天地改，遗篇抚读泪沾襟。

（一九九六年一月）

登黄山

黄山高万仞，一索忽凌空。
日喷光明顶，松蟠始信峰。
千崖芳草绿，万点杜鹃红。
归路频回首，云烟缥缈中。

（一九九六年一月）

祝衡山诗社十周年

诗社花开十度秋，湘南胜地展新猷。
大源渡水滋千户，程控传音达五洲。
韵吐珠玑情未已，歌征湖海气相求。
祥云霭霭笼衡岳，何日重登百尺楼？

（一九九六年二月）

夜宿贵池杏花村酒家

跋山涉水为寻春，车到江南草色新。
小住贵池心欲醉，只缘身在杏花村。

（一九九六年五月）

访黟县西递村

千里来寻太守居，壁间犹见昔时书。
可怜浩劫冲天火，十二牌楼化废墟。

（一九九六年五月）

车过太平县

春风习习绿无涯，结队村姑竞采茶。
闻道远方诗客至，歌声四起送征车。

（一九九六年五月）

抵太平湖

浅深新绿草平铺，断续鹃声有若无。
入眼天然图画在，黄山情侣太平湖。

（一九九六年五月）

赴九华山途中

平生惯听毁兼誉，谁谓风骚道不孤！
未到九华先自问：尘心能洗一些无？

（一九九六年五月）

登九华山

禅机助我觅林隈，杖履云梯曙色开。
绿满郊原经雨润，青随日影上山来。
天风浩浩疑仙境，磬韵悠悠涤俗埃。
今夜欲投僧舍宿，征车何事苦相催！

（一九九六年五月）

芜湖饯别

彩袖殷勤献，吟俦共举觞。

放歌三叠曲，惜别九回肠。

发白心犹壮，诗成梦亦香。

主贤情切切，忘却是他乡。

（一九九六年五月）

赠马彦先生

——与厚示兄同赋

南北咽喉地，多君竟大功。

黄淮兴坦道，京九架长虹。

情系三春雨，歌吟万国风。

扶摇鹏翼展，杲杲日方东。

（一九九六年五月）

游湖南桃花源 二首

（一）

三月阳春物候新，桃源尽是问津人。
源中源外无兵乱，为赏风光不避秦。

（二）

绿肥源外知春暮，源内桃花灼灼开。
劫火早随流水杳，此行不为避秦来。

（一九九六年六月）

游九日山赠王禹川兄

楼阁参差沉树海，天开图画壮闽南。
感君置腹推心谊，魂梦常牵九日山。

（一九九六年六月）

引大入秦工程赞　二首

（一）

千年干旱困秦川，谁赐甘霖万顷田？

今日源头来活水，盈畴黍稷绿芊芊。

（二）

凿洞穿山举世歌，秦王川接大通河。

人民果有回天力，较禹论功胜几多！

（一九九六年六月）

访李后主被囚处

春花秋月事堪哀，辜负胸中八斗才。

一代词人流水杳，玉楼依旧映秦淮。

（一九九六年六月）

重庆喜晤兰新

同纾国难着戎装，尘海澜翻各一方。
四十三年风雨后，巴山重聚话沧桑。

（一九九六年六月）

营口中秋诗会即兴

沧桑渤海庆波平，幸会群贤叙雅情。
更喜今宵营口月，清辉胜似故乡明。

（一九九六年六月）

贺《于天墀诗集》问世

一卷新书出盖州，嫣红姹紫不胜收。
群星璀璨清诗苑，又有明珠踞上游。

（一九九六年九月）

喜与银川《清平乐·六盘山》学术研讨会

果然塞北有江南，火炬青松杂紫兰。
更喜红旗迎日展，吟魂飞度六盘山。

（一九九六年十月）

参观沙海诗林赠唐慧君主任

丹枫灿灿柳毵毵，卅载经营识苦甘。
织就天章云锦后，谁云塞北逊江南！

（一九九六年十月）

沙　湖

百里清湖似镜平，舟穿苇荡御风行。
旌旗飘拂长龙舞，岸上沙场正点兵。

（一九九六年十月）

西夏王陵

一方雄踞小江山，胜败兴衰指顾间。
冠盖早随王气尽，萧萧荒冢古今寒。

（一九九六年十月）

秦州访杜甫遗踪

千里秦州道，何由觅旧踪。
山云仍满谷，涧水尚流东。
果献丰年瑞，松摇古寺风。
吟鞍如可驻，相与悟穷通。

（一九九六年十月）

杜老离陇入蜀

君恩望断踽行西，四野悲笳杂鼓鼙。
南郭空余三宿梦，东柯难借一枝栖。
何堪道远风尘苦，忍听山深杜宇啼！
翘首蜀川云黯黯，嵯峨剑阁与天齐。

（一九九六年十月）

看虎门吸毒展览

白首丹心访虎门，当年血泪尚留痕。
林公泉下宁瞑目？今日烟魔蚀国魂。

（一九九七年四月）

回黄泥坳旧宅

万里风尘倦远游，归来自笑雪盈头。
黄泥坳上朦胧月，曾照双栖竹影楼。

（一九九七年六月）

过故乡荷叶塘

昔日花开红胜锦，今来残叶作秋声。
荷塘一段荣枯史，牵动离人万里情。

（一九九七年六月）

题台湾林恭祖先生仙游诗楼

酷暑方消好个秋，穿山越岭觅仙游。
四时花木无边景，千古风骚第一楼。

（一九九七年七月）

新翼交接政权

倒计时针秒秒催，香江大厦动风雷。
米旗飘落红旗舞，瞬息全新岁月来。

（一九九七年七月）

彭定康离港

历史新章换旧章，百年风雨感沧桑。
受降城里灯如海，可有余辉照定康？

（一九九七年七月）

香港回归颂 二首

（一）

中华同庆宝珠还，沧海桑田指顾间。
谁谓英伦旗不夜，米旗终落太平山。

（二）

痛史难忘百五年，欣逢七一庆团圆。
雄师进驻香江岸，伫看长城固海边。

（一九九七年七月）

十五大颂

枫叶流丹日，京华瑞气催。

运筹期大略，开济仗英才。

天阔凭龙舞，梧高引凤来。

远瞻新世纪，人在九重台。

（一九九七年八月）

缅怀刘道一烈士

会创华兴举义旗，蓬瀛东渡觅相知。

湘军起处风雷动，忠骨归时岳麓悲。

喜看神州开伟业，长留祠宇护英姿。

春秋八十沧桑换，万众同歌动地诗。

（一九九七年八月）

初抵宝鸡

远涉陈仓道，为寻昔日盟。

散关思马跃，秦岭见云横。

秋尽林犹绿，山深鸟自鸣。

昔年征战地，今日庆升平。

（一九九七年九月）

谒五丈原诸葛亮庙

渭南秋气爽，遗庙谒先贤。
业创三分鼎，魂归五丈原。
战旗犹在目，往事已如烟。
成败何须论，千秋两表传。

（一九九七年九月）

谒岐山周公庙

翠凤鸣山麓，清泉出故宫。
千秋传礼乐，万众想音容。
才展贤王佐，旗飘大将风。
古祠频仰止，恍与梦时同。

（一九九七年九月）

游宝鸡姜子牙钓鱼台

清澈磻溪绕钓台，文王曾此访贤来。
鹰扬八百诸侯会，鼎定千秋伟业开。
演义至今传故事，安邦从古仗英才。
一篇际会风云史，莫作攀龙附凤猜。

（一九九七年九月）

送外孙女董岚、董菁就学

一登北大一清华，姐妹双优众口夸。
博大精深原不易，舟航学海本无涯。

（一九九七年九月）

比干公赞

心系黎民不顾身，誓将正气荡嚣尘。
三仁华胄尊林姓，千古铮铮一谏臣。

（一九九七年十月）

赞贵州安顺龙宫 二首

（一）

澄澈寒江一鉴开，小舟摇曳入宫来。
雕栏玉砌天然景，远胜人工巧剪裁。

（二）

大瀑久闻黄果树，幽深今又见龙宫。
黔中多少迷人处，夺尽神奇造化工。

（一九九七年十月）

赠台湾廖一瑾教授

喜听华堂锦瑟吟，黄莺弦语沁人心。
何当嘉会圆山日，再赏金声玉振音。

（一九九七年十二月）

马来西亚纪行

银翼穿云一瞬过，忽闻身抵吉隆坡。
登堂顿失他乡感，四海吟俦尽楚歌。

（一九九七年十二月）

游马来西亚怡保霹雳洞

岁序虽云暮，山城不见秋。
彩霞环叠嶂，烟树锁重楼。
香溢荷风苑，花明霹雳州。
导游频指点：云路可通幽。

（一九九七年十二月）

赠马来西亚怡保山城诗社徐持庆社长

卅年常系故园情，韵事绸缪享令名。
一自吟旌高竖后，山城处处起诗声。

（一九九七年十二月）

看中央电视台《焦点访谈》

歌颂善良情似火，鞭笞腐恶嫉如仇。
跟踪不惧征途苦，誓与人民共乐忧。

（一九九八年一月）

赠谭坤能贤侄

仁厚传家久，箕裘自幼承。
攻医尊德范，处世尚忠诚。
才溢怀如谷，人勤业益精。
长风乘万里，翘首计鹏程。

（一九九八年一月）

与谭根源兄谈诗

漫道文章价太轻，好诗一字值连城。
南朝多少烟中寺，唯有寒山负盛名。

（一九九八年一月）

黄果树瀑布

忽闻空谷响洪钟，九级岩梯一径通。
万古青山飞巨瀑，半潭白雾焕长虹。
水帘洞内霏霏雨，铁索桥边浩浩风。
莫羡香炉千尺练，银河倒泻落黔中。

（一九九八年二月）

祝《大河报》创办三周年

巷议街谈众口传，大河报是海青天。
扬清激浊舆情顺，莫管前头万丈渊。

（一九九八年三月）

读《胡耀邦与平反冤假错案》

满目疮痍积案多，为民不怕下油锅。
中兴全仗人心向，一语千秋正气歌。

（一九九八年三月）

母校妙高峰中学校庆致校友

高耸城南远市尘，妙中弦诵忆犹新。
别来湖海三千里，梦绕云山五十春。
见面漫嗟霜鬓染，谈心倍感旧情真。
欣逢世纪相交日，同作桑榆献热人。

（一九九八年三月）

望孝感双峰山

百转千回石径通，竹林深处望双峰。
始知绝妙天然景，都在云烟缥缈中。

（一九九八年四月）

题张平《微澜轩吟草》

笔底波澜起伏时，胸中河岳卷中诗。
平生后乐先忧意，刻意敲成绝妙辞。

（一九九八年四月）

喜赴戊寅端午两岸诗学交流大会

排云驭气入苍冥，俯瞰中原一发青。
岁序戊寅添虎翼，人如癸丑会兰亭。
欣联两岸炎黄胄，同吊三湘屈贾灵。
留得珠玑千万斛，文光直射斗牛星。

（一九九八年五月）

赠华中理工大学杨叔子院士

葱茏佳木护黉宫，卓著人文化育功。
博取广搜穷奥义，襟怀云水仰高风。

（一九九八年六月）

三秦道中

丰草长林翡翠山，鹰盘鹿隐白云闲。

秋随风露登秦岭，雨助吟哦过散关。

南北中分殊物候，阴晴不定叹人寰。

一车载我扪星去，蜀道从今莫说难。

（一九九八年八月）

参观石河子军垦农场

盈畴黍稷绿边陲，五十年来雨露滋。

一自石河嘉会后，天山无处不飞诗。

（一九九八年八月）

登乌鲁木齐天池

天山雪水入瑶池，云影波光上下移。

破石奔流滋绿野，出山胜似在山时。

（一九九八年八月）

参加"黄果树杯"授奖大会

宿雨初收晓雾开，银鹰展翅破云来。

弘扬风雅勤探讨，评选诗章费剪裁。

瀑布奇观同觅句，茅台美酒共传杯。

夜郎百族骈阗地，俊彩星驰代有才。

（一九九八年八月）

与厚示、人寿兄观瀑联句

万千天女素裙飞，香雾空濛绕翠微。

撒下银花长不散，游人何必怨春归！

（一九九八年八月）

赴乌鲁木齐出席第十一届中华诗词研讨会

幼读高岑出塞诗，边疆风物总神驰。

玉门关外无穷路，信有春风绾柳丝。

（一九九八年八月）

登长白山天池

久慕天池胜，乘闲作小游。

数峰临玉镜，一梦枕清流。

弹洞熊腰石，霜飞虎背秋。

山中逢父老，犹自说倭仇。

（一九九八年九月）

谒李商隐墓

清澈丹河绕古原，灵风梦雨护诗魂。

黄昏过后朝霞丽，万口争传锦绣篇。

（一九九八年十月）

纪念彭德怀诞辰一百周年

起义平江世路艰，一生马策与刀环。

惩倭旗卷军威壮，抗美鞭挥敌胆寒。

百战功成昭史册，万言书上震人寰。

魂归故土音容在，乌石风清月一弯。

（一九九八年十月）

刘少奇百年冥诞

骤雨将来日，狂飙起古都。

归耕求未得，蒙辱孰能虞！

六字冤终雪，千秋道不孤。

花明人共仰，小径变通衢。

（一九九八年十一月）

题郑州水云涧茶楼

绿阴如盖古中州，书画怡情第一楼。

风自卢仝生两腋，经传陆羽话千秋。

吟坛会友旗亭壁，商海探珠范蠡舟。

难得浮生闲半日，水云涧里足淹留。

（一九九八年十二月）

祝广东中华诗词学会成立十周年

灵台伊始费经营，十载艰辛负盛名。

风雅三刊擎大纛，宾朋四海起嘤鸣。

金声玉振南天铎，法眼公心赤子情。

清浊激扬肩重任，时时翘首望花城。

（一九九八年十二月）

题松竹斋

竹具虚心节，松甘抗岁寒。
一斋容两友，随寓自心安。

（一九九八年十二月）

赞王克锋文化家庭

秦火烧残恨有余，高清喜见克锋居。
古今智慧交融处，尽在煌煌万卷书。

（一九九八年十二月）

过汉霸二王城

刘项鏖兵广武山，一时豪俊竞登坛。
乾坤赌注成陈迹，留得荒原战骨寒。

（一九九八年十二月）

赞《荷洁诗报》

君子风高载史篇，新荷出水叶田田。
几多玉洁冰清朵，净化神州一角天。

（一九九九年一月）

雨中游浏阳石霜寺

天涯随处有相知，为主为宾各入时。
人到石霜生雅趣，一窗春雨共敲诗。

（一九九九年一月）

谒元遗山墓

滹沱依旧漾清流，门巷桑榆望眼收。
莫叹家山归梦远，千秋华表矗忻州。

（一九九九年一月）

登鹳雀楼

白日升沉周复始，黄河滚滚古今流。
一从高士题诗后，千载名传鹳雀楼。

（一九九九年二月）

过函谷关

高陵深谷拥函关，百丈孤城似曲栏。
自古兵家争战地，腥风虽过水犹寒。

（一九九九年三月）

访普救寺

解危白马为谁忙，神佛无言坐满堂。
唯有红娘差解意，暗牵情线到西厢。

（一九九九年四月）

赠李静凤同志

孤山苍翠夕阳斜，遍访逋仙觅旧家。
疏影暗香成史迹，欣看静凤咏梅花。

（一九九九年四月）

深夜忆亡妻　二首

（一）

四面人声寂，寒风拂暗窗。
无缘寻旧梦，何处话衷肠。
枕在情难已，灯昏夜未央。
当年盟誓在，不忍细思量！

（二）

梅花雪映人如玉，美景连珠次第来。
情到不堪回首处，夜深高诵遣悲怀！

（一九九九年五月）

赠李稚农吟友

尘海休嗟相见迟，中州坛坫喜论诗。
轻挥镂月裁云笔，漫写腾蛟起凤词。
阅尽沧桑心更洁，饱经风雨志难移。
晴空万里霞光灿，展翅腾飞正此时。

（一九九九年六月）

题郭澹波《土楼闲居录》

百年青史录闲居，文约辞微似简书。
翰苑煌煌多巨著，谁知陋巷有真儒。

（一九九九年六月）

赠梅县一高

喜见诗词进校区，成阴桃李万千株。
心灵净化人文盛，梅县高中树楷模。

（一九九九年六月）

夜游南京夫子庙

月洒清光火树花，秦淮儿女竞风华。
琼楼栉比乌衣巷，尽是寻常百姓家。

（一九九九年七月）

宝峰禅寺赞

马祖传经岁月长，漫因兴废感沧桑。
几层断壁悬崖峭，四面奇花异草香。
可悟自心原佛性，能登彼岸即天堂。
江南名刹呈新彩，法雨慈云被远方。

（一九九九年八月）

题骊山女娲祠

女娲立号溯渊源，罗泌文辞见史篇。
数典念先遵古训，慎终追远记箴言。
绵绵瓜瓞无穷数，混混洪荒不计年。
今日登临人祖庙，千秋遗事想联翩。

（一九九九年八月）

老君山礼赞

人间仙境路非遥，秋到栾川草未凋。
翠竹烟浮追梦谷，清流鱼跃啸龙桥。
经传道德人文盛，身历君山俗虑消。
更喜林溪农户饭，衣冠万国品佳肴。

（一九九九年九月）

哭梦飞

深圳张梦飞先生，诗才横溢，有豪侠气，十多年前与我义结金兰，过从甚密。一九九九年九月在华中理工大学诗词研讨会上，畅叙尤欢。不意别后两周，即十月十六日，他在与入室窃贼搏斗时，被刀刺中心脏，当场身亡，年仅五十六岁。悲恸之余，草成一律，亦长歌当哭之意也。

电讯传来果是非？深宵噩耗震心扉。
江城畅叙情犹昨，鹏市联诗愿已违。
抚读遗篇惊泪落，追怀往事盼魂归。
凭谁借得清霜剑，斩尽妖魔慰梦飞。

（一九九九年九月）

哭觉非

湖南汤觉非先生，久寓台湾，思乡心切。一九九四年以来，我先后邀他出席多次诗会。他工诗词，善书法，为人忠厚诚恳，促膝谈心，情谊甚笃。一九九九年武汉会议请柬发出后，不见回音，疑虑之中，忽得噩耗，诗以哭之。

阔别乡关五十春，诗魂长绕楚江滨。
难忘岳麓登山乐，犹记京都觅句新。
聚散经年增想望，幽明从此隔音尘。
临终尚寄殷勤语：莫把哀音告故人。

（一九九九年九月）

中华女杰唐群英颂

惊人巨吼起东方，一代忠魂日月光。
华夏长留巾帼颂，文韬武略史千行。

（一九九九年十月）

澳门回归喜赋

四百年前旧粤疆，黑沙湾外气苍茫。
牌坊犹见当时影，妈阁重开此日光。
珠海月明临镜海，香江水暖接濠江。
松山耸翠红旗舞，蔚作青荷别后妆。

（一九九九年十二月）

喜看澳门政权交接仪式

龙腾狮舞遍神州，万国衣冠萃一楼。
历史喜迎新世纪，濠江无复旧春秋。
波平碧海航程畅，艳吐青荷雨露稠。
欧亚桥梁通九域，好凭善政展鸿猷。

（一九九九年十二月）

贺洞庭诗社成立二十周年

冰霜过后得春先，播雨耕云二十年。
犹记诗研推首倡，长风直送洞庭船。

（二〇〇一年一月）

题邓先成《野草闲花集》

久有书名传海内，又闻野草集诗联。
岳云湘水钟灵地，滋育巴山锦绣篇。

（二〇〇一年二月）

沧州谒纪晓岚墓

一代文宗纪晓岚，长眠燕赵枣林间。
谁能借得生花笔，大写沧州水与山。

（二〇〇一年二月）

游开封清明上河园

春光烂漫柳条舒，管乐随风有若无。
宋代衣冠仍楚楚，清明重见上河图。

（二〇〇一年二月）

杭州西溪吟苑歌

卜居西子畔，有幸接芳邻。
好蘸名湖水，同描盛世春。
云山来爽气，车马绝嚣尘。
室雅乾坤大，风骚一代新。

（二〇〇一年三月）

过竹林七贤隐居处

山阳邻笛不堪闻，代代骚人哭七君。
寄语世间当政者：莫将刀锯待斯文。

（二〇〇一年三月）

参观石河子"共青林第一犁"

甜果绿凝千米垄，番茄红泛万家园。
当年沉睡荒凉地，巨变难忘第一犁。

（二〇〇一年三月）

黄梅挪步园记游

远上层峦曲径通，崚嶒势欲逼苍穹。
园开挪步青峰蔚，洞觅听泉白雾濛。
嘹亮茶歌新雨后，扶疏花影夕阳中。
漫游一路村姑导，细说沧桑客思重。

（二〇〇一年四月）

合肥礼赞

参差楼阁与天齐，佳木葱茏柳拂堤。
更喜包河清见底，庐州世代饮廉泉。

（二〇〇一年五月）

贺合肥研讨五四以来名家诗词

五四名家锦绣篇，骚坛冷落几千年。
庐州诗会开生面，拾翠寻芳入简篇。

（二〇〇一年五月）

南湖——天安门

风动涟漪一舸轻，春秋八十记征程。
岂期嫩柳娇花地，竟蕴金戈铁马声。
星火燎原焚鬼蜮，银花不夜耀神京。
思源默向丰碑立，先烈当年藐死生。

（二〇〇一年六月）

题芷江受降城

祸起卢沟弹雨飞，八年戎马历艰危。
降书墨迹干耶未？又听东邻放厥词。

（二〇〇一年六月）

贺温州建立中华诗词城

春草池塘五字新，千秋人仰谢家春。
风骚一脉源流远，从此温州据要津。

（二〇〇一年七月）

登新郑始祖山

奋力攀登始祖山，目穷千里水云间。
轩辕一脉绵瓜瓞，万国衣冠拜郑韩。

（二〇〇一年七月）

广东开平晚眺

休循旧说恋苏杭，错失开平好地方。
试上层楼舒望眼，一城霓彩在清江。

（二〇〇一年八月）

贺龚依群老九十华诞暨从事教育、科研七十周年

封豕东来起战尘，请缨投笔历艰辛。

延安灯火熏陶久，大别烽烟辗转频。

织锦千章凭妙手，滋兰九畹献终身。

凌寒自有铮铮骨，永驻青松不老春。

（二〇〇一年八月）

颂杂交水稻之父袁隆平

从来民以食为天，历代偏多饥馑年。

鹄面鸠形嗟饿殍，村荒屋破断炊烟。

杂交水稻惊寰宇，盖世神农耀史篇。

蔚起人文干气象，湖湘何幸得春先！

（二〇〇一年八月）

常德诗墙赞

诗祖诗豪瞰碧江，澧兰沅芷证沧桑。

长堤十里春如海，千古风骚汇一墙。

（二〇〇一年八月）

劲酒赞

白云黄鹤处，水郭酒旗风。

知己千杯少，衰颜几度红。

民康歌世盛，物阜颂年丰。

何日偕诗侣，雷山醉梦中。

（二〇〇一年八月）

咏烛之武

城下兵临国不支，词严义正退秦师。

烛之武本人中杰，惜展才时鬓已丝！

（二〇〇一年九月）

寄儋州诗友

儋州会上病欺予，不测风云起海隅。

幸得多方施救助，才能一命未呜呼。

关山难隔亲情梦，寒暖常疏雁足书。

寄语远乡诸挚友，同攻骚雅乐三余。

（二〇〇一年十一月）

油菜花

古郑郊原放眼看，无边春色正斑斓。
菜花光映青青麦，翡翠黄金共一盘。

（二〇〇二年二月）

与徐味、李大明访春泥诗社

初访濠州似抵家，谈诗深夜乐无涯。
春泥本是多情物，护育新苗树树花。

（二〇〇二年二月）

十六大颂

香山霜叶如花日，共庆京都盛会开。
启后承前谋远业，经天纬地仗雄才。
江流治理蛟龙伏，生态平衡锦绣裁。
万变风云归掌握，相期玉宇净尘埃。

（二〇〇二年二月）

赠丁林吟兄

丁年投笔卫金瓯，晚岁行吟气尚遒。
忧乐关情天下事，渊源应溯百花洲。

（二〇〇三年二月）

过象山

闻道象山高，青峦入眼遥。
吻江垂巨鼻，裂岸溅惊涛。
舟速歌声朗，风清竹影摇。
纵无山水癖，到此也魂销。

（二〇〇三年二月）

永兴注江漂流即兴

山夹澄江映碧天，登舟解缆箭离弦。
险滩过后开颜问：今日漂流孰占先？

（二〇〇三年二月）

船过险滩有人落水无险

舟过滩头与浪尖，诗魂浅探水中天。
风骚一脉传千古，岂为投书吊屈原？

（二〇〇三年二月）

便江一日游

清流一线绕丹霞，上下天光日影斜。
最是令人神往处，竹林深覆野人家。

（二〇〇三年二月）

过侍郎坦

石悬坡陡紫烟浮，俯瞰清江涌激流。
谁谓诗人多傲骨，侍郎坦下也低头。

（二〇〇三年二月）

访龙华寺

云树江天一色秋，青山罗列锁云楼。
举头忽见龙华寺，雨湿钟声迓客舟。

（二〇〇三年二月）

读《兰亭集序》

东风吹散岭头云，曲水流觞趁暮春。
后视今犹今视昔，年年修禊感斯文。

（二〇〇三年二月）

喜与绍兴诗会

兰亭往事未成尘，翰墨流香岁序新。
骚客书家南北汇，幽情畅叙有传人。

（二〇〇三年二月）

游沈氏园

题壁钗头事已休，沈园千载尚风流。
真情自可惊天地，朝暮何须到白头。

（二〇〇三年二月）

奇　观

未闻松树也开花，今见含苞待放葩。
造物有情施巧术，千红万紫饰中华。

（二〇〇三年二月）

栾　川

石奇山绿涌清泉，境入栾川别有天。
生态平衡多上策，人心凝聚得春先。

（二〇〇三年三月）

压塌峰

群峰争赴老君山，浩气苍茫郁此间。
作画何须频点染，青牛一踏影斑斓。

（二〇〇三年三月）

咏尉氏张市镇桃花节

万亩桃林灼灼华，如云游客赏流霞。
河阳花满传佳话，惠及寻常百姓家。

（二〇〇三年三月）

读臧老《春鸟》诗

夜半灯花几度红，诗情奔涌气如虹。
烽烟处处听春鸟，声震寰球绕太空。

（二〇〇三年三月）

题韩信公园

背水阵前怀大将，英风凛凛想当初。
早知刘吕居心险，何不淮阴再钓鱼！

（二〇〇三年三月）

题湖北监利华容道

古道华容说放曹，世争功过论喧嚣。
三分格局因时定，不在关公手上刀！

（二〇〇三年三月）

桃　花

二十三年弃置身，刘郎枉怨兔葵春。
而今遍地翻红浪，霞蔚云蒸百态新。

（二〇〇三年三月）

呼伦贝尔赞

海啤杯举涌诗潮，折桂蟾宫竞折腰。
流动物资存古道，往来欧亚架长桥。
幽深林海消黄漠，潋滟湖光映碧霄。
景物人文双胜迹，呼伦贝尔领风骚！

（二○○三年三月）

题燕伋望母台

重道尊师化雨催，渊源应溯此高台。
学宗洙泗兴文教，坛设渔阳育俊才。
举德尚廉期大略，清源正本赖明裁。
而今科教兴邦日，尽扫阴霾待巨雷。

（二○○三年三月）

湖南岳云中学讲学志感

滋兰树蕙效前贤，薪火相传八十年。
岳色江流清秀地，云烟霞彩艳阳天。
诗词互答传高谊，师友相通结善缘。
遥祝层楼今更上，弘扬诗教得春先。

（二○○三年四月）

重上祝融峰

阔别名峰五十春，山灵识否旧征人？
欣逢雅集寻僧舍，小坐禅房避俗尘。
歌哭总缘兴与废，声情贵在美而真。
南来谁识登临意，渺渺予怀望北辰。

（二〇〇三年四月）

春泛杭州西溪

划破琉璃曲曲溪，柳堤花坞隔东西。
茸茸浅草催诗兴，黄鸟迎人自在啼。

（二〇〇三年四月）

赞"唐宋名篇音乐朗诵会"

朗吟盛会动幽燕，华夏重温正气篇。
黄毒残渣宜扫荡，风骚坠绪应延绵。
正心自有诗三百，防口何须士八千。
蔚起人文欣此日，万民同颂艳阳天。

（二〇〇三年四月）

应法国薛理茂、王琳伉俪宝石婚征诗

坤转乾旋不老春，妇随夫唱见情真。

盈门福禄如东海，绕膝儿孙拱北辰。

九秩添筹同献祝，双星焕彩喜相亲。

云天万里鱼书奉，想见高轩过往频。

（二〇〇三年四月）

贺陈仲旭骨肉团聚

云海茫茫四十秋，相思涕泪梦中流。

常思台陆三通畅，但愿恩仇一笑休。

骨肉再逢当志庆，诗词同赋可销愁。

晚晴自古人间重，逝水休嗟雪满头。

（二〇〇三年四月）

五十周年

寿祝知天命，群贤聚一堂。

人才深发掘，文献广收藏。

画绘山川秀，诗吟日月光。

珠玑遍中土，国粹赖弘扬。

（二〇〇三年四月）

回母校讲学志感

鸡鸣风雨谢家春，封豕东来起战尘。
以友辅仁同马帐，尊师重道立程门。
驹光六秩宏图展，鹤发千茎大梦新。
谊重情长传笑语，乡音枨触远游人。

（二〇〇三年四月）

欣闻环球诗坛上网

喜讯传来意自舒，环球坛坫有新居。
当年秦政魂如在，应叹难焚网上书。

（二〇〇三年五月）

长沙谒贾傅祠

千里来寻贾傅祠，斜阳秋草动遐思。
汉宫献策图强日，湘水投书吊屈时。
辅国勋臣何跋扈，求贤明诏总游移。
可怜服赋排忧累，磊落奇才未展眉。

（二〇〇三年六月）

题赵钲先生画猴"高瞻远瞩"

护师除怪取经还，花果何甘恋一山！
腐败未清妖未尽，圆睁火眼看尘寰。

（二〇〇三年六月）

邓文珊伉俪金婚志庆

赣水苍茫处，文光耀古轩。
芳名留竹刻，佳偶庆金婚。
笔走龙蛇阵，香飘翰墨园。
相携登快阁，磅礴看朝暾。

（二〇〇三年六月）

聚焦伊拉克致某公

称霸称王步履艰，事端百出梦难安。
霸权力阻德俄法，恐怖心惊塔利班。
反战大潮来势猛，受伤群众哭声寒。
何如牢记和为贵，济困扶危万众欢。

（二〇〇三年六月）

过邯郸感赋

世笑邯郸枕太玄，孰知此枕悟真诠。
人生不及黄粱梦，几个公侯四十年？

（二○○三年六月）

长沙赠汪民全兄

半世风尘四海家，诗文知己各天涯。
几年难遂言欢愿，万里徒兴望美嗟。
分痛无方书问讯，回春有幸物重华。
多情岳麓留人醉，一曲鸰原对晚霞。

（二○○三年六月）

为"黄梅诗词之乡"授匾

佛门圣地画图开，斗转春回淑气催。
更喜诗乡名振后，骚坛刮目看黄梅。

（二○○三年六月）

看黄梅调诗词艺术晚会

丝弦悦耳奏黄梅，大雅春风拂面来。
廉政抗洪歌正气，诗词曲艺喜同台。

（二〇〇三年六月）

游武夷山一线天

万绿丛中几杜鹃，水如碧玉草如烟。
谷风习习三灵洞，光煦微微一线天。
宋韵唐风滋胜地，朱祠柳馆仰先贤。
名山有待名人笔，喜诵群公锦绣篇。

（二〇〇三年六月）

九曲溪

竹筏轻穿九曲溪，心随流水任高低。
风生幽谷传清韵，石刻摩崖见旧题。
起伏岗峦松历历，连绵洲渚草萋萋。
棹歌声送游人返，一曲云谣绕武夷。

（二〇〇三年六月）

巩义纪游

由盛而衰康百万，荒烟迷漫宋皇陵。
钱权怎与寒窑比，诗圣千秋耀汗青。

（二〇〇三年六月）

参观巩义市康百万庄园

伊洛黄河交汇处，庄园坐落北邙山。
历经风雨沧桑后，留作今朝胜迹看。

（二〇〇三年六月）

读《秦始皇本纪》

险据崤函觊楚天，鲸吞蚕食忆当年。
如何一统金汤固，不抵江东士八千？

（二〇〇三年六月）

读《高祖本纪》

衣锦高歌返故乡，当年亭长气飞扬。
萧樊囚絷韩彭醢，更仗何人守四方？

（二〇〇三年六月）

读《项羽本纪》二首

（一）

诸将当年壁上观，八千子弟跨征鞍。
可怜垓下军心涣，枉叹披坚力拔山。

（二）

卷土重来未可知，乌江亭长费心思。
匆匆数岁黎民苦，厌说兵连祸结时。

（二〇〇三年六月）

读《过秦论》

叙事精兼议论新，辞微文约旨忧民。
百年战乱分崩史，更倩何人续过秦！

（二〇〇三年六月）

读《滕王阁序》

秋水长天四座惊，挥毫对客写真情。
何时登眺滕王阁，遥听渔舟唱晚声！

（二〇〇三年六月）

读《赤壁之战》

势压江南百万军，周郎一炬定三分。
从兹争逐中原鹿，又扰苍生数十春。

（二〇〇三年六月）

读《桃花源记》

桃源千古享芳春，多少凡夫欲问津。
违嘱诣衙趋太守，渔人辜负避秦人。

（二〇〇三年六月）

读《散宜生诗》

嬉笑悲歌怒骂声，声声牵动世人情。
历经万劫千磨后，终有奇诗诉不平。

（二〇〇三年六月）

韩文公颂

青史真如宝镜台，忠奸明辨纪贤才。
道承尧舜千秋绪，文起齐梁八代衰。
秦岭云横心坦荡，潮州民仰庙崔嵬。
河阳花满韩园墓，瞻拜游人接踵来。

（二〇〇三年六月）

梅江秋夜吟

虹桥灯火助新凉，银汉星光接水光。
喜驻人间风雅地，吟声划破一天霜。

（二〇〇三年八月）

哀悼衡阳诗词学会会长罗芳明

衡阳两度共论诗，喜见蟾宫折桂枝。
噩耗忽从云外落，楚天风雨梦回时。

（二〇〇三年八月）

老龙头

秦代长城接海涯，枕骸遍野古今嗟。
中华崛起开新局，关外关中是一家。

（二〇〇三年八月）

澄海楼

波环山岛岛相连，想见沧桑几变迁。
天下归心三代表，云开日出晓霞妍。

（二〇〇三年八月）

姜女庙

楚人早炬祖龙城，姜女千秋享令名。
权重位高何足恃，民心向背是天平。

（二〇〇三年八月）

望夫石

莫问崩城事有无，口碑载道胜丹书。
孟姜不是新潮女，倚石年年苦望夫。

（二〇〇三年八月）

北戴河

燕赵英豪气，长留北戴河。
东临观碣石，大雨起雄歌。
琼玉新楼密，繁阴秀木多。
衣冠来万国，同庆息干戈。

（二〇〇三年八月）

探山西锡崖沟大峡谷

喜赴陵川作胜游，况逢云淡一天秋。
穿崖石洞迂回下，扑地闾阎次第收。
壁峭山高沉锦谷，鸡鸣犬吠出芳洲。
当年倘约陶彭泽，定有奇文写此沟。

（二○○三年八月）

过长平古战场

寻诗喜赴晋东南，锦绣江山带笑看。
忽过秦军坑卒处，萧萧荒冢暮云寒。

（二○○三年九月）

登羊头山

高平雄踞太行巅，云树苍苍隐暮烟。
俯瞰唐虞建都地，心驰远古舜尧天。

（二○○三年九月）

访骷髅庙

坑儒妙法启先声，白起曾埋赵国兵。
嬴氏阴魂何日散，京华今尚有秦城。

（二〇〇三年九月）

定林寺清泉

今朝名寺昔屯粮，汩汩清泉涌道场。
污浊涤除明老眼，好随尘世看沧桑。

（二〇〇三年九月）

韩文公颂

除弊为民气浩然，起衰济溺力回天。
孟州陵墓潮州庙，万国衣冠拜古贤。

（二〇〇三年十月）

韩园颂

韩园唐柏世称奇，绝似文公刚直姿。
莫道皇权为至上，千秋俎豆集于斯。

（二○○三年十月）

韩文公颂

秦岭云横落日寒，为民除弊见心丹。
潮州一自迎公到，千古江山尽姓韩。

（二○○三年十月）

载人飞船胜利归来

神舟五号载人还，喜讯飞流宇宙间。
华夏初圆强国梦，全球刮目仰高山。

（二○○三年十月）

续李商隐《嫦娥》

蟾宫寂寞几经秋，灵药偷来伴泪流。
从此嫦娥开眼笑，青天碧海驾神舟。

（二〇〇三年十月）

新岁怀台湾友人

江梅又放一枝新，隔海相望几度春。
寒尽阳生冰渐解，岂宜长作未归人！

（二〇〇四年一月）

谢觉哉老诞辰一百二十周年

鸡鸣风雨忆犹新，一角清阴得寄身。
薪火相传承远泽，至今铭感谢家春。

（二〇〇四年一月）

读元稹《闻乐天授江州司马》

一夕闻君谪九江，病中元稹对寒窗。
论交生死难忘际，始见诗人九曲肠。

（二○○四年二月）

琵琶亭

琵琶亭立九江滨，墨客骚人过往频。
白傅不逢沦落女，歌行哪得万年春。

（二○○四年二月）

初抵安徽岳西

日上峰回树影低，更兼云外一声鸡。
此行真与神仙似，一路春风到岳西！

（二○○四年四月）

登明堂山

金钻欲开天，移山又一鞭。

不期千载后，能占古人先。

曲径通霄汉，清流起管弦。

风光俱在眼，何必问仙源！

（二〇〇四年四月）

葫芦瀑

此地葫芦不属仙，清风日夜送潺湲。

应留幽壑滋兰蕙，流到人间洁几年！

（二〇〇四年四月）

马尾瀑

千秋汩汩在山泉，润物无声只独怜。

笋自抽芽花自发，寒来暑往不知年。

（二〇〇四年四月）

登华山

华岳心仪久，今朝上北峰。

依山思白日，览胜仰苍龙。

秦晋关河隔，川原表里雄。

汉家陵阙在，西望雨濛濛。

（二〇〇四年五月）

三门峡赞

物阜民丰秀木妍，崤函屏障古今然。

豫西重镇三门峡，万里黄河浪拍天。

（二〇〇四年六月）

登大坝

岿然大坝阻黄河，水击三门骇浪多。

待到风帆飘弋日，梳妆台上扣舷歌。

（二〇〇四年六月）

虢国博物馆

唇齿相依虢与虞，千年故实见经书。
今朝莅馆观车马，始信宫奇话不虚。

（二〇〇四年六月）

祝贺《中华诗词》创刊十周年

一卷行天下，耕耘历十年。
园丁多慧眼，作手富佳篇。
锦赖群仙织，花因好雨妍。
风骚凭管领，诗国焕新天。

（二〇〇四年七月）

郑东新区赞

古郑东行别有区，绿茵铺地布民居。
水龙飞舞声光电，幻景清幽似太虚。

（二〇〇五年四月）

赴台湾访马鹤凌乡兄

跨海喜重逢，心疑在梦中。
语多乡土事，情寄雪泥鸿。
云水经年隔，诗骚一脉通。
万家忧乐系，四海仰高风。

（二〇〇五年五月）

游日月潭

林拥大成殿，殿前日月潭。
登高欣骋目，大好汉河山！

（二〇〇五年五月）

菲律宾见中国公园

楼宇参差异国城，园门高耸动乡情。
细看"天下为公"字，更觉中山是国英。

（二〇〇五年五月）

曲江诗会

名园添兴古筝鸣，佳句天成四座惊。

彩笔同挥干气象，西来不负远游情。

（二〇〇五年六月）

大唐芙蓉园晚会

火树银花夜，喷泉上九霄。

芳林凝雾霭，杰阁起笙箫。

箕斗漫天灿，歌声伴乐高。

长安开雅集，韵事继唐朝。

（二〇〇五年六月）

怒斥日本新历史教科书歪曲侵华史

国际和谐积怨除，强权求治古今无。

侵华血迹斑斑在，鬼话焉能代史书！

（二〇〇五年六月）

喜看湖南芷江受降城

魔鬼低头日影曛，受降城里柏森森。
欢呼胜利须牢记：困兽犹存未死心。

（二〇〇五年六月）

纪念抗战胜利六十周年

辽沈无端起战烟，寇倭兽行史无前。
同胞惨死三千万，胜利欢呼六十年。
人访京华频谢罪，眼觑东北暗垂涎。
太平盛世须牢记：军国残灰正欲燃！

（一九九七年七月）

偃师杜甫纪念馆落成

首阳山下傍宗支，陆浑庄时系旅思。
诗圣故居留胜迹，偃师方志树丰碑。
浮家泛宅湘江上，归葬寻根洛水湄。
不敢违仁怀祖德，汗青光耀大名垂。

（二〇〇五年十月）

谒湖南平江杜甫墓

屈子骚连工部句，杜陵坟傍汨罗江。
文章憎命何时了？夜听潇潇雨打窗。

（二〇〇五年十月）

谒平江杜墓吊杜老

君恩北望泪难禁，老病南征作苦吟。
家国情牵诗客梦，潇湘舟系故园心。
鸥飘天地原无所，燕语帆樯空好音。
未识骚魂何处去？汨罗江畔一追寻。

（二〇〇五年十月）

沉痛悼念马鹤凌诗长

欲识荆州意早倾，相逢怡保慰平生。
谈诗笔会时嫌短，分袂台湾岁未更。
彩照细看人宛在，录音频听语犹清。
和平正待偿宏愿，忍见南天殒巨星。

（二〇〇五年十月）

访夜郎故地

喧天锣鼓起笙箫，侗族歌声处处飘。
风景人文双胜迹，夜郎故地领风骚。

（二〇〇五年十一月）

哭汪民全兄

噩耗惊闻梦也真，昊天胡不寿斯人。
地分南北三千里，谊结金兰二十春。
岳麓聚谈情似昨，黄河题咏墨犹新。
传薪何用飞驰势，一片冰心不染尘。

（二〇〇五年十一月）

贺上蔡县黄斌希望小学建校十周年

树蕙滋兰已十霜，莘莘学子沐春光。
鸡鸣风雨勤攻读，伫看他年尽栋梁。

（二〇〇六年十月）

题胡群一诗联选集

幼绍箕裘翰墨香，诗联一卷出湖湘。
高挥镂月裁云笔，谱写天风海雨章。

（二〇〇六年十月）

浙江诸暨西施故里书感　三首

（一）

苧萝村畔浣纱溪，自在生涯远鼓鼙。
勾践居心何叵测，竟将花女陷污泥。

（二）

馆娃宫里宿鸳鸯，宠爱频加几度霜。
一夜夫妻恩百日，缘何心总悖吴王？

（三）

胡汉相安数十秋，昭君青冢至今留。
西施倘解和吴越，黎庶无灾战乱休。

（二〇〇六年十一月）

贺李锐老九旬大寿

岂必诗推太白尊，寰中龙胆气雄浑。
心忧黎庶忠言进，身陷囹圄壮志存。
雪后松筠仍挺拔，云中鸿鹄任飞奔。
高山仰止桃觞祝，鹤算频添振国魂！

（二〇〇六年十一月）

题孝贤碑林

人间百行孝为先，风树兴悲忆昔贤。
陟岵子怀桑柘社，思亲诗诵蓼莪篇。
临行慈线缝衣密，计日归程望眼穿。
今日碑林倡孝道，圣人遗教喜承传。

（二〇〇七年二月）

读历代书简

读李斯《谏逐客书》

高帝求贤启汉风，李斯书谏动宸聪。
综观千古兴亡局，尽在人才弃用中。

读李陵《答苏武书》

胜败兵家事本常，大兴诛戮失忠良。
李陵一简通苏武，千古同声责汉皇。

读丘迟《与陈伯之书》

杂花生树舞群莺，三月江南木向荣。
叛将也萌归祖意，动人心处是乡情。

读李白《与韩荆州书》

李白才高欲识韩，不为世用怎心安。
握瑜怀瑾朝朝有，际会风云自古难。

读苏辙《上枢密韩太尉书》

才高志大好为文，初上京师广见闻。
不计斗升甘受教，三苏名望史平分。

（二〇〇七年八月）

淮安诗草

贺全国诗教经验交流淮安现场会

振兴诗教颂和谐，泽被千秋国与家。
立德燃情兼启智，兴观群怨着新花。

校园诗教

桃绯李灼色斑斓，化雨春风润教坛。
一自金秋嘉会后，中华刮目看淮安。

看文艺晚会

丝弦悦耳颂长淮，宋韵唐风绕舞台。
妙曲终时频谢幕，满堂诗友尚徘徊。

（二〇〇七年十二月）

八十感怀

逝者如斯感物华，童心依旧恋乡关。
黄泥路转留鸿爪，乌石峰回绕谢家。
对镜忽惊纹已皱，敲诗渐觉笔无花。
何时竹影依稀夜，再见伊人泪染衫。

（二〇〇八年一月）

梦游洞头

二〇〇八年二月二十九日，接浙江洞头邱国鹰先生寄来的《百岛揽胜》和《望海楼》。披览并茂图文，怦然心动，昏昏入梦。

梦里依稀到洞头，风轻云淡漫天秋。
一波九折瓯江口，五暗三明望海楼。
临水神窗开独径，面山仙境豁吟眸。
心仪戚帅鸳鸯阵，靖冠英名万古留。

（二〇〇八年二月）

西湖谒岳王墓

岳帅旌旗不见归，中原父老泪空垂。
心存宋室金瓯固，力扫胡尘铁骑飞。
外将缘何君命受，内奸已使国基危！
黄龙捣后班师日，南渡君臣敢说非。

四川地震

噩耗传来

地震哀音出汶川，同胞数万化灰烟。
昂头怒向苍苍问：人定何时可胜天？

八方支援

灾难无情人有爱，陆空水路降神兵。
拨开土石争营救，枯木逢春又发青。

多难兴邦

一方有难八方帮，众志成城国运昌。
总理一言须永记：从来多难可兴邦！

（二○○八年五月）

奥运组歌

好客中华

香山红叶如花日，丹桂飘香喜气盈。
好客中华迎奥运，衣冠万国汇神京。

喜迎奥运

能工巧匠费思量，诸馆提供竞技场。
举世健儿精锐蓄，良机把握展辉煌。

志愿服务

交通环保治安城，服务无偿竞请缨。
微笑迎人遵礼义，中华传统是文明。

众口能调

众口难调事已陈，餐厅喜见八方珍。
不同肤色同欢笑，四海嘉宾若比邻。

史册永铭

人间几度见星移，奥运输赢似弈棋。
史册永铭零八八，五星旗映五环旗。

（二〇〇八年六月）

词选

临江仙·晚眺

　　岳麓烟凝湘水碧，悠然此际登临。朱张遗迹尚堪寻。山形终不改，人世古还今。　　雁阵横空声断续，因风散入寒林。飘零频感岁华侵。乡关何处是？云黯远山阴。

（一九四七年九月）

临江仙·乡思

　　堤处柳衰霜染树，一年容易秋风。画帘闲卷小楼东。江天烟月好，屈指数征鸿。　　双袖露沾惊夜冷，凄其独听寒蛩。羁怀仍与旧时同，重门关不住，乡思梦魂中。

（一九四八年八月）

浣溪沙·秋怀

　　漠漠轻寒白露霜，山川无复旧时妆，年年羁旅为谁忙？　　红叶苦遭连夜雨，黄花独占九秋香，凭栏闲眺客情长。

（一九四八年九月）

浣溪沙·月夜有怀

　　汽笛穿云送远声，关山千里梦魂惊！窗前冷月报三更。　　轻拂微尘安枕簟，频翻故实赌输赢。闲思旧事总伤情。

（一九五三年十一月）

菩萨蛮·江桥话别

　　匆匆聚散堪惆怅，何年再话江桥上？红日又沉西，行人心转迷。　　婉言情切切，胸似江天月。劝我莫伤情，鹏飞不计程。

（一九五四年六月）

浣溪沙·步阚家蕡教授原韵

　　物换星移万木春，情亲骨肉待归人，重洋尽处望浮云。　　长忆天涯乡梦远，喜吟佳句墨痕新，瓣香聊寄慰诗魂。

（一九八二年三月）

采桑子·赤壁山

西山耸翠初收雨，天淡云浮。
帆影江流，物换星移几度秋！
周郎战绩坡公赋，赤壁双留。
人爱黄州，毕竟词家胜一筹。

（一九八二年十一月）

浣溪沙·看电影《人到中年》

人到中年万事忙，可堪蝉鬓又添霜，青灯共读总难忘。　　花树千株春烂漫，晴空万里鹤翱翔，东风轻拂暖心房。

（一九八三年二月）

蝶恋花·访侯孝琼夫妇

谁道侯门深似海？贤主双双，扫径开樽待。四壁图书呈异彩，庭前月季春常在。　　灯火三更人不怠，笑语温存，未觉乡音改。数听黄鸡仍强耐，明朝人在云山外。

（一九八三年五月）

浣溪沙·赠李宝光同志

阵阵惊雷暴雨频，中宵起坐独凝神：街中趵
突雨中人。　　柳植长堤污水净，光生小宅断梁
新。万家忧乐总关心。

（一九八三年八月）

浣溪沙·步叶嘉莹教授原韵

一片初飞气转凉，树添萧飒鬓添霜，东篱何
处觅花黄？　　故国已开新日月，名山重赏旧烟
光。归心遥共海天长。

（一九八三年十一月）

浣溪沙·长沙遇故人

执手同惊两鬓秋，茫茫百感上心头。且将清
茗洗新愁。　　寻友故园抒缱绻，探珠学海费绸
缪。诗情乡思共悠悠。

（一九八三年十二月）

临江仙·夜登重庆鹅岭公园

暮霭初收新月上，风传弦管声声。登临送目最怡情：江流千里碧，烟树万家灯。　　四十年前风雨急，英雄血溅山城。红岩光焰照前程，开来当继往，战鼓正催征。

（一九八五年七月）

临江仙·黄河诗会抒怀

千里中州春似锦，邙山喜会群英。开襟极目骋豪情，歌回神禹岭，舟系霸王城。　　九曲黄河开画卷，嵩峰一抹烟青。游区形胜自天成。江山期胜友，诗笔谱新声。

（一九八六年四月）

浣溪沙·登大禹岭

云树参差霁景开，奔腾黄水自天来，征程万里鼓声催。　　启后承前肩重任，经天纬地仗群材，中州处处起风雷。

（一九八六年四月）

浣溪沙·黄河诗会迎宾词

胜境天开孰与俦？八方文旆会中州，碑林诗海任遨游。　　极目尽收天外景，开襟喜上画中楼，同挥彩笔写春秋。

（一九八七年四月）

虞美人·答友

南天遥望诗魂绕，旧忆知多少？彩笺尺素选飞来，缕缕衷情倾诉动心怀！　　江郎老去嗟才尽，剩有真情性。羡君灵窍豁然开，朵朵奇花异卉倚云栽。

（一九九〇年五月）

临江仙·闻宁乡诗协成立寄哲兮会长

香寺钟声沩水棹，儿时记忆犹新。卅年奔走倦风尘。炉边深夜话，灯下二毛人。　　诗会鸿开劳策运，广交四海诗邻。格高味厚更情真。同挥灵秀笔，大写楚天春。

（一九九二年五月）

鹧鸪天·庆祝香港回归

合浦珠还倒计时，声声牵动国人思。百年辱始和夷策，两制功崇设计师。　　归祖国，展雄姿，紫荆花树发新枝。澳门台岛皆吾土，一统江山会有期。

（一九九七年七月）

菩萨蛮·丹霞第一漂

千山送绿江心碧，游船不惧风波急。何处最魂销？丹霞第一漂。　　赏心山水接，放眼云天阔。古木倚空斜，奇峰刺乱霞。

（二〇〇三年二月）

采桑子·题伏羲山庄

山庄绿绕春如海，泉水涓涓，飞鸟翩翩，生态平衡大自然。　　旅游开发花添锦，鬼谷神仙，景物争妍，众客频夸别有天。

（二〇〇六年四月）

忆江南·神仙洞

通幽处，曲径露华涵。百态千姿钟乳石，水清如镜小龙潭。身似在江南。

（二〇〇六年四月）

临江仙·东源颂

幸作东源三日客，饱看大好风光。明山秀水胜仙乡：一湖春涨绿，十里桂花香。　　更爱高喷腾地起，明珠遍洒清江。新城儿女喜洋洋。引吭歌盛世，挥笔谱华章。

（二〇〇六年四月）

临江仙·赤壁龙泉山庄赞

绿树成阴花灿锦，琼楼玉宇参差。天空碧净鸽群飞。温泉供沐浴，恬适客忘归。　　北顾长江涛滚滚，南瞻雪岭雄姿。江山灵秀启神思。挥毫描胜景，亮嗓唱新词。

（二〇〇六年四月）

附录

附 录 一

赠 言

周世钊

　　林君从龙，湖南宁乡人。幼承箕裘，攻书史，尤好诗词。于友仁初中毕业后，来游妙中，治学极勤，诗文雅健冠侪辈，尝有《悼亡姊》句云："兰房未叶熊罴梦，春讯偏残姊妹花。"《游麓山》云："万壑凉风翻落叶，一江晴涨漾轻鸥。"俊逸清新，为师友所传诵焉。余识君方一年，见其英敏谨厚，而学问不厌，预卜将来必成大器。唯今世学子，类多务夸诞，习纵逸；又或志在温饱，勇于奔竞；即小有所成，亦止于享逸乐于一身，弋浮名于俄顷，不足取也。余知君必能远大自期，进修是急，而卓然超越于流俗之外，进而以其学，发为文章，为劳苦群众，写其疴痛，鸣其烦冤，导一世于光明，致斯人于康乐。君其勉旃。若徒沉浸浓郁，含咀英华，心于骈四俪六之辞，耗力于嘲风弄月之什，纵能露头角，获荣彩，谅非君之所志也。

一九四九年五月于长沙

　　按：1948——1949 年，作者在湖南长沙妙高峰中学高二 17 班上学。周世钊先生是语文老师。毕业时，先生在作者为该班编的纪念册上写了这篇赠言。时光荏苒，转瞬 58 年。教泽难忘，载此永作纪念。

附录 二

林从龙与中华诗词

谷　方

林从龙，河南省文史研究馆馆员，是活跃于当今诗坛的一位知名度很高的人物。他对于改革开放新时期中华诗词的发展作出了多方面的重要贡献。

他是诗词活动的组织者。他长期担任中华诗词学会常务理事、副会长，河南诗词学会会长，倡导、主持或参与组织了许多全国性或地区性的诗词活动。仅郑州一地，他与合作者就组织过四次大型的黄河题咏会，收到了很好的效果。

他是诗词教育家。他是《中华诗词》杂志的主编之一，还担任过《当代诗词点评》等大型图书的主编，不遗余力地把中华诗词的优良传统和优秀作品介绍给广大读者。特别需要提出的是，二十多年来，他的足迹遍及全国，成了许多诗词研讨班的主讲人。他学识渊博，视野开阔，新见叠出，逻辑严谨，加上他循循善诱的方法和诲人不倦的精神，所以，他所到之处，受到广大诗词爱好者的爱戴与好评。

他是优秀的诗人。他的诗词，主要收集在已出版的《林从龙诗文集》中，还散见于海内外的报刊，总数在五百首以上。更重要的是，他在诗词方面，艺术造诣高，创作态度严肃认真。其中不少佳作，脍炙人口，广为传诵。

在本文中，我不可能对林从龙在诗词上的多方面贡献作出全面的介绍和评价，只打算写出我吟诵林从龙诗词的一点读后感，让更多的读者分享我读完诗词佳作以后的快乐。我由鉴赏诗词想到中华诗词的发展。我认为，研究林从龙的诗词，总结林从龙诗词创作的经验，有助于中华诗词的健康发展。

一　创新声，换旧声

林从龙一九二八年生于湖南省宁乡县。他自幼刻苦学习，又受到名家的指点。他的诗词创作起步早，起点高，功力深厚。早在中学时期，他已脱颖而出，表现了诗词创作的才能。他当时写出的《病宿长沙溁湾市》和《秋夜抒怀》，已经熟练地掌握了诗词创作的技巧。特别是他当时创作的《游岳麓山》和《悼亡姊》，更受到湖南著名教育家、诗人周世钊的击节称赞，也为师友们所传诵。《游岳麓山》有"万壑凉风翻落叶，一江晴涨漾轻鸥"的佳句，俊逸清新，文采斐然。《悼亡姊》写道：

> 别梦依依绕故家，每逢秋节忆分瓜。
> 兰房未叶熊罴梦，春讯偏残姊妹花。
> 往事萦怀催泪落，暗风吹雨入窗斜。
> 冰心蕙质归黄土，岁月徒增望眼赊。

颔联的"兰房"是特指女人居住的房间。"熊罴梦"典出《诗经·小雅·斯干》："吉梦维何？维熊维罴……大人占之，维熊维罴，男子之祥。"所以，"熊罴梦"是生男孩的吉兆。"兰房未叶熊罴梦",是说死者婚后尚未生子,就英年早逝,倍觉痛惜。全诗结构严谨,对仗工稳,婉转深沉,表现了作者对亲人的怀念和悲痛的心情。

林从龙从事诗词创作至今已有六十多年,但是,他的绝大多数诗词却是在改革开放的二十年中创作的。因此,准确地说,林从龙是改革开放新时期活跃于中华诗坛的一位诗人。改革开放伊始,诗人正值中年。他像蓄足了能量的火山一样,喷射出热情的火焰和诗才的光芒。他马不停蹄地奔走于海内外,为发展中华诗词做着各种切实的工作,包括传道、授业、解惑的工作。他也抓紧时间从事诗词的创作,以饱满的激情歌颂社会主义的新天新地,歌颂改革开放的新时代,抒发具有个性特征的审美理想。

白居易说:"文章合为时而著,歌诗合为事而作。"(《白居易集》,中华书局1979年版,第962页)这里的"时"和"事",就是社会现实。诗词不能脱离时代,不能脱离社会现实,古今中外,概莫能外。中华诗词之所以具有生命力,一个重要的原因就在于各个时代都有一大批合于时、切于事的深刻反映时代现实、表达人民心声的优秀作品。中华诗词的形式,不论是律诗、绝句和古风,还是词赋与散曲,这些形式经过千锤百炼,被证明很适合汉语的特点和中华民族的欣赏习惯。但是,这些形式必须与新的时代内容相结合,艺术地去表现和反映新的时代。林从龙正是这样做的。

一九八二年三月,诗人怀着兴奋的心情,去西安参加首届唐诗讨论会。他在与会期间写的一首诗中说:"风骚正共沧桑变,同创新声换旧声。"(《赴西安参加首届唐诗讨论会》)他在另外的诗中也说:"大雅赓新韵,明时吐艳花。"

（《贺辽宁诗词学会成立》）"高吟幸有江山助,争谱新词趁好风。"（《访武夷山水帘洞》）"赓新韵"、"谱新词"都是一个意思,即"创新声换旧声"。尽管林从龙在改革开放新时期所写的诗词涉及多种多样的题材,但创新声、换旧声构成了他的诗歌创作的主旋律。

"创新声、换旧声"的主张包括多方面的内容,而具有新的时代精神和创造新的意境,则是其中的重要内容,也是林从龙诗词的重要特色。

首先来看林从龙诗词的时代精神。林从龙站在新时代的视点上体情察物,把握新时代的脉搏,表现新时代人民群众的忧乐。他是新时代的歌者:"乾坤再造开新宇,文苑重光话旧游。"（《登西山》）"阅尽古今天地改,神州战鼓报春回。"（《题新修黄鹤楼》）"洗尽劫灰豪气在,同舒笑眼看神州。"（《黄州远眺》）一九八四年,他作七律《国庆三十五周年》:

金鼓声声庆典开,神州生气挟风雷。
厉行新政山河改,大展宏图号角催。
万众同怀兴国志,四方争出济时才。
欣期港澳封疆复,更待台澎一笑回。

诗的第二联和第三联,分别歌颂领导方面的厉行新政、大展宏图和群众方面的兴国志、济时才。首联和尾联分别歌颂现实和期望未来。这首诗用传统的形式表现全新的内容,表达人民的共同心声。

林从龙坚持"创新声、换旧声"的主张。他歌颂老一辈无产阶级革命家的诗词以及歌颂改革开放成就的诗词如《入蜀》《株洲玻璃厂采风》等洋溢着新的时代气息，就是一些记游诗也充满着鲜明的时代精神。

一九八三年五月，诗人在一个风清月朗之夜，与好友泛舟洞庭湖，作《夜泛洞庭》诗：

> 薄烟如幻夜舟轻，拂面和风助客情。
> 露浥君山千树润，波摇楚月一湖明。
> 星辰垂影仙梅丽，黍稷飘香玉宇清。
> 新政更兼人意好，亭台箫管颂升平。

全诗轻松、明快。诗中的薄烟、轻舟、和风、露珠、明月、湖水、星空和飘香的黍稷等一组意象，构成了一幅迷人的夏夜放舟的图画。诗人要告诉读者的不只是这幅图画本身，还有这幅图画所衬托或从一个方面反映出来的全局的升平气象，正是因为有全局的升平气象才使人们能够尽情地欣赏这幅图画。他从全局和局部的关系中确定了这首诗的时代基调。"新政更兼人意好，亭台箫管颂升平"，是时代基调的点睛之笔。

其次来看新意境的创造。意境是指艺术境界，或者说，是作品所展现的艺术世界。它是作者通过自己的主观情意把客观世界移到了自己的作品里。作品中的客观世界是一个艺术化的世界。意境是我与物的结合，是情与景的交融。文艺作品特别是诗词不能没有意境。诗词的优劣在相当大的程度上决定于意境的优劣。由于客观世界和作者的主观世界是不断变化的，作品的意境也是不断变化的。"鸡声茅店月，人迹板桥霜"，在中国古代农村的客观条件和诗人的主观条件下，不失为一种好的艺术境界。但是在"茅店"和"板桥"不复存在的现代化的农村，在人们的精神面貌发生了根本变化的条件下，这种境界就显得陈旧了。如果什么人继续运用这种陈旧的意境来表现现代化的农村，他不免受到"不识时务"的讥弹。因此，一个与时俱进的诗人，一个力图深刻反映时代本质的诗人，必须不断创造新的意境。林从龙是很注意创造新意境的。他在诗中创造了许多新的优美的意境。比如，他的七律《登浮天阁》：

　　　　岳山断雾柳凝烟，望眼空蒙绿满川。
　　　　铁索连沟开胜境，人家依岭辟新田。
　　　　桥通南北车如水，河贯东西浪接天。
　　　　抢险战洪遗迹在，凭栏凝望想前贤。

　　读者从诗中看到的是一群新的意象：连绵群山，柳树凝烟，沃野披绿，胜境游人如织，新田歌声悠扬，桥通南北，河贯东西。这一群意象构成了一种清新的意境，从而深刻地反映了今日山区的新面貌。生活在山区或去过山区的人，仍然愿意读这样的诗，因为诗人所创造的艺术境界比他们在山区所看到的物象更美。新的优美的意境使人感到新鲜有趣，引起共鸣，获得艺术的享受。因此，创造新的意境，对于"创新声、换旧声"而言，是题中应有之义。

　　"创新声、换旧声"的主张，其本质特征是内容上的创新，而不是对"旧声"的简单否定。林从龙曾明确表示："群英共颂中兴盛，上薄唐音接楚骚。"（《新世纪饭店迎春诗会即兴》）他认为，包括楚辞和唐诗在内的"旧声"不能否定，其中的优秀成分必须继承。但是，继承不能代替创造。继承的目的是为了更好的创造。继承中华诗词的优秀传统，运用中华诗词的形式，立足于内容上的创新，这其实是中华诗词健康发展的正确道路。林从龙的诗词创作正是沿着这条道路前进的。

二　情真

林从龙在主张"创新声、换旧声"的同时，还提出了"新声"的美学标准。他写道："时代强音气自豪，情真味厚格尤高。"（《新世纪饭店迎春诗会即兴》）情真、味厚、格高，这三者就是"新声"的美学标准。这三者虽然各有自身的内容和特点，不能互相替代，但它们是一个统一的整体。林从龙自己的诗词创作是力求按照情真、味厚、格高的美学标准进行的。首先来看情真。

情与诗的关系，或者说情在诗词中的地位，应该说是一个无需争论的问题。在中国古代的诗论中，情在诗词中的地位被反复论证，情的重要性被反复强调。白居易说："圣人感人心而天下和平。感人心者，莫先乎情，莫始乎言，莫切乎声，莫深乎义。诗者，根情，苗言，华声，实义。"（《白居易集》，中华书局 1979 年版，第 960 页）如果把诗比作一棵树，那么，情就是它的根。后来的诗人关于情的说法虽然多种多样，但把白居易引为同道者却不算少。的确，无情而求诗，无异于缘木求鱼。但是，情感存在着健康与不健康的区别。林从龙主张"情真"，是提倡健康的感情，而排斥不健康的感情，排斥虚情假意。更重要的是，他充分把握诗词的特点，通过生动的形象来表现"情真"。比如，他写的《九曲溪》：

> 竹筏轻穿九曲溪，心随流水任高低。
> 风生幽谷添新韵，石刻摩崖见旧题。
> 起伏峰峦松历历，连绵洲渚草萋萋。
> 棹歌声送游人返，魂梦依依绕武夷。

情随境生。诗人通过对物境的描写把他对祖国壮美山河的炽热感情表现了出来。从乘竹筏出游到伴随棹歌返回，是一个完整的过程。这也是情景交融、情随景不断升温的过程。最后，情感达到高潮："棹歌声送游人返，魂梦依依绕武夷。"这两句包含了不尽的情思。这首诗虽然只有短短八句，它感情上的分量却远远超过某些洋洋洒洒的长文。

诗人善于抓住生活中一些有表现力的现象，加以放大，变成特写镜头，表现真挚的感情。比如，他写的五绝《自京返郑途中忆臧克家老》：

> 诲我音留耳，挥毫影入神。
> 车行身渐远，犹自仰燕云。

首联是一副工对，摄取了两个特写镜头：诗人全神贯注地聆听长者谈话；对长者挥毫题签更看得入神。首联所表现的这种崇敬心情，为尾联作了铺垫。尾联给人以一步一回头的感觉，把对长者真挚而深厚的情感提升到了极致。诗中运用了"诲""留""挥""入""行""仰"等动词，运用了一连串生动的形象，把真情表现得既深沉又具有层次。全诗没有一句直接颂扬长者的话，可是，它所表现的真情比任何直接颂扬更有力量，更能使读者感到艺术上的满足，收到了藏而不露的艺术效果。

诗人还善于通过主客之间的矛盾表现真挚的感情。比如，《喜遇故友又言别》：

> 仰视浮云暗自伤，言欢握别两匆忙。
> 龟蛇不锁长江水，满载离情过武昌。

首联脱胎于李陵《与苏武诗三首》之首章："仰视浮云驰，奄忽互相逾。"但我仍然把它看作是借物起兴。诗人看见天上的浮云匆匆飘来又匆匆飘走，自然地联想到与朋友匆匆言欢又匆匆握别。当惜别的感情发展到极致时，竟盼望龟山与蛇山把长江锁住，好让自己与朋友在一起的时间尽可能长一些。但主客之间的矛盾无法超越，人还是走了，内心也就更加惆怅。诗人巧妙地用主客之间的矛盾来衬托和表现感情的趋势和强烈。

诗人用真情歌咏现实，也用真情歌咏历史。比如，《题汤阴岳飞庙》：

> 百战征袍血未干，黄龙欲捣见忠肝。
> 班师诏下旌旗黯，系狱冤沉日月寒。
> 三字岂能遮史册，千秋犹自仰衣冠。
> 人心毕竟存公道，痛抚遗碑忍泪看。

　　咏史是中华诗词的重要内容。由于现实是历史的继续和发展，历史与现实之间存在着有机的联系，所以优秀的咏史诗对于人们正确认识历史和现实，都有启迪作用。但是，它的作者要有见识，要有健康的情感。林从龙写过不少既有见识又有情感的咏史诗。《题汤阴岳飞庙》是其中之一，全诗表现了对岳飞的崇敬之情和对冤案制造者的义愤。首联直奔主题，把一个尽忠报国的英雄形象推到了读者面前。颔联的三字尾"旌旗黯"和"日月寒"增强了诗的悲剧气氛，说明班师诏和冤狱的受害者不仅是岳飞等忠贞之士，而且是整个国家和民族，诗人的情感在这里得到了提升。颈联是诗人从更高的视点上看待岳飞现象，意在说明历史的辩证法不可抗拒："三字"即"莫须有"的罪名最终被推倒，正义最终战胜邪恶。"人心毕竟存公道，痛抚遗碑忍泪看。"诗中真情使读者深受感染。

　　林从龙把真情融化在诗里，这使他的诗具有艺术的感染力。肯定这一点无疑是对的。但是，情和理是一种辩证的关系。肯定情的重要性，绝不意味着应当否定理的作用。诗歌虽然不可能也不应该作纯逻辑的理论的论证，但也不能没有理性的观照。"车行身渐远，犹自仰燕云"，诗人之所以对长者产生这样深沉的感情，首先是因为他理性地认识到这位长者德高望重，很值得尊敬。如果没有这种理性的观照，那么诗人对长者的情感表现或者是不可能的，或者是盲目的。而盲目的情感，是低级的本能性的，它同人类美好的、高尚的情感有着本质的区别。我们很容易发现，林从龙那些充满真情的好诗，其中都有理性的观照。这是不难理解的。理对情具有引导作用、提高作用和优化作用。在理性的盲区，情感必然得不到正确的表现。另一方面，任何事物的现象都与事物的本质相联系，并表现事物的本质。当诗歌深刻表现事物的现象、艺术地再现事物的形象时，它也就有可能包含某种理性。比如："春江水暖鸭先知""野火烧不尽，春风吹又生""欲穷千里目，更上一层楼"等，不都包含着耐人寻味的哲理吗？在这方面，林从龙的《山泉》也是一个很好的例证：

> 破石穿崖路万千，层冰过后又涓涓。
> 泉流也似人生道，历尽崎岖别有天。

涓涓细流，破石穿崖，经过漫长曲折的道路，终于见到天光。山泉的这种形象，正包含着人生的哲理："历尽崎岖别有天。"

诗词离不开情真，情真离不开理性的观照。林从龙的诗词主张和创作实践都清楚地说明了这一点。

三　味厚

林从龙认为，优秀的诗词除了"情真"之外，还需要"味厚"。这是对我国古代诗论的继承。我国从南北朝开始，以"味"论诗的情况很引人注目。刘勰《文心雕龙·声律》说："是以声画妍蚩，寄在吟咏。滋味流于下句，气力穷于和韵。"钟嵘《诗品·序》说："五言居文词之要，是众作之有滋味者也……使味之者无极，闻之者动心，是诗之至也。"颜之推《颜氏家训·文章》说："至于陶冶性灵，从容讽谏，入其滋味，亦乐事也。"从隋唐到明清，许多诗人把"味"的有无厚薄作为评论诗词的重要标准。清代的贺贻孙明确反对"味薄"而主张"味厚"（《诗筏》）。近代的张之洞认为"诗至有味乃臻极品"（《张文襄公全集》卷205），他甚至主张把王士祯的"神韵"说改为"神味"说。

从根本上说，诗味的有无厚薄，决定于诗人的思想修养和艺术修养，决定于诗人的学识以及观察生活、理解生活的程度。"味厚"作为诗评的标准，它是多种因素的综合，其中包括立意、风格、起承转合的安排以及表现手法等。它具有相对性和某种不确定性，但诗味毕竟是客观存在的。我们从林从龙的创作实践可以清楚地看出他为加强诗味所做的努力。

从"味厚"的标准来衡量，我感到林从龙的诗词具有"气味""风味"和"余味"或"味外味"。

传统诗论看重气味："诗，声音之道，与文不同，以气味为高……太白之高，高在气味。"（孙鹏：《答某翰林书》，见《中国历代少数民族文论选》第71页）气味，离不开壮美，是由壮美而产生的艺术效果。它与萎靡、消沉、卑下相对立。所谓"太白之高，高在气味"，是说李白的诗壮美洒脱。壮美的诗篇的确具有气味。比如，林从龙的《登山海关城楼》：

> 海岳雄奇接两间，苍茫浩气贯人寰。
> 心随巨浪高千丈，足踏长城第一关。
> 燕塞湖飞双索道，秦皇岛泊五洲船。
> 古来生死交锋地，翻作今朝画卷看。

诗人登楼远望，视野开阔。诗中的"海岳""两间""浩气""人寰""巨浪""千丈""第一关""五洲船"等等，构成了一个无比雄奇瑰丽的世界，给人以大气磅礴之感。这样的诗自然饶有气味。世界是丰富多彩的。无论在自然界还是社会生活中，都不乏壮美的场面。这首诗所描绘的壮美，刚健而清新，气象阔大高远而无浮泛之弊。如果说，太白诗的气味有几许"狂"劲，苏词"大江东去"的气味有几许悲凉，那么，林从龙这首诗的气味却有满腔的豪情、无比的欢欣和对未来的坚定信念。这是时代不同的缘故。时代不同，诗的气味也会不尽相同，甚至差别极大。

传统诗论要求"风味欲其美"，"觉其味之长而言之美"（陆时雍：《诗镜总论》）。饮食有风味，诗词同样有风味，问题在于风味究竟美不美。好的诗词应该而且必须有美的风味。比如，林从龙的《澜沧江边蝴蝶会》：

为爱枝间蕊，何妨露湿衣。
穿花娱杜老，滴翠戏杨妃。
羞与狂蜂伴，常随洁絮飞。
澜沧春汛早，嘉会撷芳菲。

这首诗采用拟人手法，把蝴蝶写活了。蝴蝶有"爱"有"衣"、能"娱"能"戏"、知"羞"知"洁"。它像一位美丽的、心地高洁的少女，使吟诵"感时花溅泪"、呼喊"艰难苦恨"的杜甫舒展了紧锁的眉头，连鲜艳妩媚的薛宝钗也对它特别青睐，频频与之嬉戏。诗的首联突兀不凡，使人感到清晨那盛开的花朵和滴滴露珠，表现了蝴蝶与花为伴、不染尘埃的本性。颔联"穿花"之句原于杜甫的《曲江二首》："穿花蛱蝶深深见，点水蜻蜓款款飞。""滴翠"之句出自《红楼梦》第二十七回"滴翠亭杨妃戏彩蝶"。此联写蝴蝶与人的关系，意在表明蝴蝶是人类的朋友，蝴蝶爱人类，人类也爱蝴蝶。颈联写蝴蝶知羞知洁的高尚情怀，进一步展示了蝴蝶的内心世界。全诗色彩鲜明，轻快自然，充满了风味之美。

　　传统诗论主张要有"余味"，要有"弦外音，味外味"（沈德潜：《说诗晬语》）。诗贵含蓄。好的诗词具有多义性，既有借助语言明确传达给读者的宣示义，又有以它的语言和意象启示给读者的启示义。启示义包括双关义、情韵义、象征义、深层义、言外义等（参看袁行霈：《中国诗歌艺术研究》第6页）。由于好的诗词具有多义性，所以，它是一种多味体，除了某种品味以外，还有其他的味，有余味，味外味。比如：林从龙的《过秦俑坑》：

> 胆丧荆卿剑，魂惊博浪椎。
> 泥封兵马俑，能否慰孤危？

　　这首脍炙人口的佳作，发表后，多家报刊争相转载，受到诗家广泛好评。这首诗的优点很多，我想提出三点：一是立意新。秦兵俑坑是世界奇迹之一，不少人写诗赞颂这个奇迹。这样处理题材，当然也能写出好诗。但林从龙却另辟蹊径，主要思考秦始皇当年兴建兵马俑坑的动机及其所设想的效果。新的视角给诗带来了不同于一般的新意。二是富于联想。诗人从眼前所见联想到秦始皇的生平，发现兵马俑同荆轲刺秦王、张良在博浪沙袭击秦王有内在的联系。也许正是接连遭到袭击，才使魂惊胆丧的秦始皇感到有必要兴建兵马俑坑。没有由此及彼的联想，没有丰富的想象力，不可能写出这首诗。三是形象的创造。首联是副工对，创造了两个鲜明的形象，对泥封兵马俑的效果提出质问，就完全是必然的，合情合理的，可谓水到渠成。这首诗首尾一致，是一个结构严密的整体。它除了宣示义以外，还有启示义如帝王感到孤危的心理、帝王与民众的对立以及秦始皇"仁义不施"所造成的后果等深层义，使诗具有余味或味外味。诗以设问的方式结尾，扩大了读者的想象空间，从而引导读者从不同的角度进行思考，寻求多种可能的答案，这样也就增强了余味或味外味。

为了加深对余味或味外味的理解，我还想举林从龙的七律《纪念彭德怀诞辰一百周年》：

> 起义平江世路艰，一生马策与刀环。
> 惩倭旗卷军威壮，抗美鞭挥敌胆寒。
> 百战功成昭史册，万言书上震人寰。
> 魂归故土音容在，乌石风清月一弯。

国人对彭德怀的光辉业绩和他上万言书以后的遭遇，都很熟悉，这首诗又写得明白晓畅，所以用不着对它的内容多加解释。需要指出的是，它的结尾富有余味或味外味。"乌石风清月一弯"看起来是一句虚语，既未涉及彭德怀的业绩，也没有要求向彭德怀学习之类的直接宣示，可是，在某种特定的情况下，诗中的虚语却远胜于实语。"乌石风清月一弯"这一句虚语，却留下了不尽的韵味，读者似乎能够想象出诗人在写它时流下了眼泪。它暗示彭德怀一生清廉，除了陪伴他的清风明月，别无长物；它又暗示彭德怀具有清风明月那样的高风亮节；它还暗示彭德怀晚景凄凉，因而使读者对彭德怀更加同情和崇敬。从"乌石风清月一弯"之句，可以看出林从龙在余味或味外味的经营上可谓煞费苦心，并取得了良好的效果。假如，用"永世流芳"这类的赞语取代"乌石风清月一弯"，那么，读者很可能要为诗人的败笔而感到惋惜了。

四　格高

林从龙在主张诗词要"情真、味厚"的同时，更强调"格高"。在传统诗论中，"格"有不同的内涵。其中之一是指诗词的形式，即关于诗词平仄、对仗等声律，也就是所谓的"格调"。这种属于诗词形式的"格"，显然不是这里所要讨论的问题。这里所要讨论的是"格"的另一种内涵，即诗的品格，主要是指立意的美丑、高下。唐代的《文镜秘府论》说："凡作诗之体，意是格……意高则格高。"《诗中密旨》说："诗有二格：诗意高，谓之格高；意下，谓之格下。"林从龙所强调的"格高"，正是指立意的美而高。他的《论诗》写道："语贵天然性贵真，何劳苦弄黛眉新。海棠风韵梅花格，占尽人间浅淡春。"这为"格高"作了很好的注释。所谓"格"，就是"海棠风韵梅花格"。它要求诗词同丑陋、卑下划清界限，坚持诗词的高品位。

由于"意高则格高"，所以，要使诗词达到"格高"的标准，首先要求诗人必须炼意。"意"是思想意识。不管在什么社会条件下，说到"意高"，它总应该属于一定时代健康进步的思想，总应该表达人民美好的理想和愿望。在我们这个时代，只有树立正确的世界观、价值观、人生观，才能使"意高"、"格高"获得坚实的思想基础。有了这种思想基础，才能分清是非善恶，爱憎分明，从而使诗词具有健康向上的品格。比如，林从龙的七绝《"七七"过卢沟桥》：

> 烽火卢沟迹已陈，长桥风物焕然新。
> 东邻未必妖氛净，忍拂残碑认弹痕！

诗人在"七七事变"半个世纪之后所看到的卢沟桥，已经焕然一新，同当年的"烽火卢沟"大异其趣。正因为这样，他更感到要从中发掘出新的意义，即高度警惕日本军国主义的复活。"东邻未必妖氛净，忍拂残碑认弹痕"，是以史为鉴，用历史来启迪今人的佳句。爱国主义构成了这首诗的"格"。为进一步说明诗词的"格"，让我们来看林从龙的《登长白山天池》：

> 久慕天池胜，乘闲作小游。
> 数峰临玉镜，一梦枕清流。
> 弹洞熊腰石，霜飞虎背秋。
> 山中逢父老，犹自说倭仇。

诗中的"熊腰""虎背"是指天池下的两座山。这本来是一首优美的记游诗，其中有"数峰临玉镜，一梦枕清流"这样的佳句。但是，当诗人一进入东北大地，他不仅为那里的好山好水所吸引，而且丝毫没有忘记那里曾经是日寇长期蹂躏的地方，没有忘记东北人民在日寇的铁蹄下所遭受的深重苦难，所以，他在游览风景名胜的过程中，随时注意考察日寇留下的罪证（"弹洞熊腰石"），注意听取东北父老对日寇的控诉（"山中逢父老，犹自说倭仇"）。爱我中华，不忘国耻，就是这首诗的"格"。如果没有高度的爱国心，对日寇的罪证也会熟视无睹，对山中父老的控诉也会充耳不闻。在这种情况下，诗词中"格"的美丑、高下就显而易见了。林从龙写的一首词也有助于说明这方面的问题：

　　暮霭初收新月上，风传弦管声声。登临送目最怡情：江流千里碧，烟树万家灯。　　四十年前风雨急，英雄血溅山城。红岩光焰照前程。开来当继往，战鼓正催征。

《临江仙 · 夜登重庆鹅岭公园》

　　词的上片是写景，下片是抒情。但抒什么样的情，却直接关系到诗词的"意"和"格"。作者在新月初上的时候，俯瞰重庆夜间的美丽景色，江流、烟树、万家灯火，还有弦管声声。但是，面对这样的景色，可以有不同的抒情。有的人把这种夜景作为个人孤独寂寞的反衬，抒发个人难耐寂寞和消极的情感。这种低下的"意"必然造成低下的"格"。林从龙与此完全不同。他把眼前的和平、宁静、幸福的景象同革命先烈的奋斗牺牲联系在一起，意在说明：我们今天的幸福是先烈们用鲜血换来的，我们应当继往开来，夺取新的胜利。这就是这首词的"意"。这样的"意"，使这首词情景交融，给人鼓舞的力量，也造成了"格高"的效果。"意"决定着作者抒情的内容和方向，当然也决定着"格"的高低。因此，诗词的"格高"，离不开诗人崇高的思想境界。

　　"格高"在诗词中是一种艺术化的表现。它是通过一系列生动的形象表现出来的。僵硬的标语口号和理论原则，绝不同于诗词中的"意"，也绝不能使诗词达到"格高"的要求。我们来看林从龙的《过流香涧》：

　　　　苍崖夹树树生花，一线天光石径斜。
　　　　壁峭山泉争泻练，林深野笋自抽芽。
　　　　歌吟互答声传谷，裙屐连翩迹印沙。
　　　　路转溪桥田舍见，村姑捧出水仙茶。

　　这首诗名为《过流香涧》，我们不妨把它看作流香诗，因为我们从中似乎能闻到几许芳香。那崖上的繁花，那一线天的奇观，那白练似的山泉，那抽芽的竹笋，那悠扬的歌声和好客的村姑，这是一幅多么美的图画！诗人正是通过这一系列生动的形象，把"意"表现了出来，说明祖国的山河美，改革开放的农村美，从而给诗定了"格"。这个"格"使全诗呈现出健康向上、清新明快的面貌。

五　格律诗的创作

林从龙是创作格律诗的高手。在他所创作的五百多首诗词中，绝大部分是七言或五言的格律诗。格律诗的平仄、对仗、相粘、押韵等章法和规则被一些人视为"镣铐"，作格律诗被称之为"带着镣铐跳舞"。可是，林从龙对格律诗的章法和规则却得心应手，运用自如。本来，任何文体都有自己的章法和规则，正因为这样，小说才不同于戏剧，戏剧才不同于散文。正因为格律诗有它一套颇为严格的章法和规则，它才具有一种抗干扰的能力，能够长久地保持自己的特性，成为一种不可替代的艺术体裁。林从龙和其他优秀诗人所创作的许多优美的格律诗，进一步证明格律诗的生命力，进一步显示了格律诗这种形式所独有的优越性。

读完林从龙的格律诗，不难发现林从龙在格律诗的创作上积累的宝贵经验。这种经验，用一句话来概括，就是整体把握，分散经营。

所谓整体把握，是指对于从现实生活中观察到的各种事物以及人们的思想心理，反复思索，精心筛选，然后升华、立意。没有这种整体把握，就不会有好的格律诗。为了说明整体把握的重要性，我想举林从龙的七律《杜老离陇入蜀》作例子：

> 君恩望断跸行西，四野悲笳杂鼓鼙。
> 南郭空余三宿梦，东柯难借一枝栖。
> 何堪道远风尘苦，忍听山深杜宇啼！
> 翘首蜀川云黯黯，嵯峨剑阁与天齐。

把这首佳作放进杜甫以后的唐诗中，恐怕很难发现它的破绽。把杜甫当时的处境和心理描绘得这样逼真，确实不易。诗人之所以能够做到这一点，首先得益于整体把握。杜甫到收复以后的长安不久，因疏救房琯，被目为同党，于公元758年贬至华州，从此永远告别了长安，远离了皇室。他在第二年弃官后，由华州西行到秦州，由秦州到达同谷，接着又举家迁移到四川成都。一路上，兵荒、饥饿和危崖险道，真是苦不堪言。"三年饥走荒山道"，这是杜甫本人对入蜀前后的生活状况所作的概括。林从龙对杜甫这一段生活经历非常熟悉，经过提炼、筛选，艺术地把它再现出来。这首先是整体把握的功夫。在整体把握中，写什么以及怎样写的问题才会逐步明确。因此，整体把握对于写好律诗是至关重要的。

当然，也有人是先吟出了一两个佳句，然后才补足全篇的。这种情况并不能否定整体把握的必要性。往往是先有整体把握，才吟出佳句。由佳句补足全篇不过是整体把握的最终完成或者是对整体把握的深化或调整。完全没有整体把握，那就意味着思路不清，即使偶然得到一二佳句，也难以写好律诗。

　　整体把握与分散经营是紧密联系的。整体把握使分散经营具有明确的方向；分散经营反过来能使整体把握更明晰、更完善。所谓分散经营是指对律诗的四联八句分别推敲，甚至对每一个字也反复斟酌。

　　在分散经营方面，林从龙很重视首联和尾联。在他的不少好诗中，首联突兀不凡，别开生面，提挈全篇；尾联余韵悠长，耐人寻味。前面所举蝴蝶诗的开头（"为爱枝间蕊，何妨露湿衣"）以及纪念彭德怀诗的结尾（"魂归故土音容在，乌石风清月一弯"），都是这方面的例证。我们再看林从龙的《全国屈原杯龙舟赛纪盛》：

> 冲天爆竹起笙箫，似箭龙舟破碧涛。
> 桡影频催人俯仰，鼓声时逐浪低高。
> 腾空阵阵飞祥鸽，隔岸双双舞彩蛟。
> 屈子有灵应一笑，荛裳兰佩下重霄。

　　这首诗写得很美。就以首、尾两联来说，首联把龙舟赛开始时的壮观场面像特写镜头一样推了出来，把人们的注意力一下子吸引到了破浪前进的龙舟上，使后面的描绘顺理成章。尾联虽然是作者的一种设想，对龙舟赛的热情却因此提升到了顶点：龙舟赛实在是太好了，屈原假如在天有灵，也一定会高高兴兴地赶来观赏。这样的结尾生动有趣，引人遐想，余味悠长。如果把律诗比喻为龙，那么，首联和尾联分别是龙头和龙尾。因此，要想写好律诗，对首联和尾联决不可掉以轻心。

　　林从龙在重视首联和尾联的同时，在二、三联的经营上更具匠心。如果首联和尾联分别是龙的头和尾，那么，二、三联则是龙的心腹。诗人的才华、学识在相当大的程度上是从二、三联上表现出来的。许多警句、格言也出在二、三联上。我想从对仗、动静、虚实几方面来看林从龙经营二、三联的特点。

　　（一）对仗工稳自然。在客观世界中，存在着各种现象的对立。由于各种现象的对立而不雷同，才使世界丰富多彩。把客观世界的这种对立性移进律诗，也使律诗多彩多姿。不过，律诗要求把客观上存在的对立组织得更加集中、严密而且合乎章法。比如：林从龙的《游刘家峡》第二联："坝拦高峡千寻水，风动晴波万颗珠。"《登岳阳楼》的第二、三联："衡岳晴岚云梦雨，巴陵山色洞庭波。江湖廊庙同忧乐，日月乾坤任啸歌。"《怀黄河题咏会旧游》的第二联："飞桨客留波荡影，鸣琴曲和浪淘沙。"《上峨眉山》第三联："清流激石珠千颗，高树回风鸟几声。"《巩县兴建杜甫陵园喜赋》的第二联："万里川原存浩气，千秋诗史仰高山。"《赞宝丰》的第三联："峰迎人面青屏出，水泻花溪白雾生。"《哭华钟彦先生》第二联："笔底行云惊妙句，庭前立雪忆高吟。"《答新晃龙溪诗社诸友》第三联："北国惯看春雪舞，南园恍听晓莺啼。"这些都堪称工对。其出句和对句，它们的对仗都非常工稳，在词性、语法和句式结构上彼此相对，非常严谨。以最后一联为例，状语"北"与"南"对、"春"与"晓"对；名词"国"与"园"对；副词"惯"与"恍"对；动词"看"与"听"对、"舞"与"啼"对。这样的工对在林从龙的诗中比比皆是。值得注意的是，林从龙的诗联不仅对仗工稳，而且自然流畅，毫无斧凿的痕迹和生硬拼凑的弊病。

　　（二）形象飞动，动静结合。在客观世界中，运动是绝对的，静止是相对的。所以，诗人也必须用运动的观点、发展变化的观点观察、捕捉和描述各种事物或形象。这样的形象才具有真实感和美感。比如，林从龙的《重游索溪峪》中二、三联："四门水绕摇云影，十里山环列画廊。龙穴已随沉海露，鸟声犹带野花香。"水绕、山环、摇云影、列画廊、溶洞（"龙穴"）显露，鸟带花香，这些形象都是动的，因而是真实的，富有美感的。林从龙的《三秦道中》第二联："秋随风露登秦岭，雨助吟哦过散关。"这种飞驰之势，不仅是状景，也是抒情。在秦岭的秋色和散关的雨景中，把诗人轻松、愉快的心情也表现了出来。前面提到的《全国屈原杯龙舟赛纪盛》中的二、三联："桡影频催人俯仰，鼓声时逐浪低高。腾空阵阵飞祥鸽，隔岸双双舞彩蛟。"这里写了水上角逐，岸上舞龙，空中飞鸽，这些都是从动中表现形象的美，从而生动地再现了比赛场面的热烈和人们欢快的心情。当然，动中也有静。这在林从龙的诗联中也有表现。比如，《过流香涧》的第二联："壁峭山泉争泻练，林深野笋自抽芽。"出句中的"争泻练"，把几股山泉飞流直下的场面充分表现了出来。"争泻"是动之极。而对句中的"自抽芽"却显得平静得多。抽芽固然是动，但"自抽芽"属于静中之动，与出句中的"争泻练"恰好成了鲜明的对照。这种一动一静，动静结合的情况，在林从龙的诗联中还可以举出不少。它使诗联富于变化，曲折多姿，也是更高程度上的真实，因为在客观世界，动和静本来就是一种辩证的关系。

　　（三）有虚有实，虚实结合。虚与实的矛盾在客观世界也是普遍存在的。它也必然要反映到律诗中来，问题在于诗人是不是自觉做到这一点。林从龙却是自觉地反映虚与实的矛盾。比如，《登山海关城楼》的第二联："心随巨浪高千丈，足踏长城第一关。"其中，"心"为虚而"足"为实，实与虚相对。这种虚实相对能收到身在此地而神驰天外的效果，既与登城楼时的心境相符合，又增强了诗的舒张之势。《登长白山天池》的第二联："数峰临玉境，一梦枕清流。"其中，"峰"为实而"梦"为虚，实与虚相对。这种虚实相对造成了更高的美的境界。"一梦枕清流"，当时的实际情况可能是，在美丽的天池，像轻纱一般的薄雾笼罩在清流之上，欣赏良久，如幻如梦，犹如置身仙境。因此，这种"虚"在诗中比"实"更含蓄，能收到更好的艺术效果。《宝丰酒颂》的第三联："清照银蟾影，香凝玉桂魂。"这是赞扬美酒的清香，而且以"清""香"二字起句，难度很大，可是，这一联不但对仗工整，而且虚实结合，造成了优美的意境。联中的"银蟾影"为实，而"玉桂魂"为虚，这种"虚"胜过任何实实在在的赞辞，似乎那种香味无比神奇，它凝聚着，挥之不去。类似这种虚实结合的情况在林从龙的诗中还可以举出不少。

　　此外，需要提到的是林从龙在律诗的第二、三联的创作中，使句子的结构形式富于变化，错落有致。他还善于运用诗句的"三字尾"，以加大信息量和密度感，比如，《黄州远眺》第三联："波翻江汉长虹卧，雾隐荆襄大邑浮。"其中"长虹卧""大邑浮"属于"三字尾"。

　　整体把握，分散经营，两者互相结合，互相促进，这可以说是林从龙格律诗创作的主要经验。

六　余论

　　林从龙以"情真、味厚、格高"作为基本信条，借以律己律人，指导自己的创作。他的诗尽量避免使用尽人皆知的熟话，又不过于求生，不用生僻古怪的字眼。他所追求的是清新的立意，优美的形象和高远的境界。更重要的是，他的生活积累相当深厚。他虽然渐入老境，仍以极大的热情，深入采风，注意观察和学习新的事物。他的诗都是有感而发，都是通过深入观察体验以后才写出来的。有意、有情、有史、有识，这些是林从龙能够写出好诗的重要原因。

　　改革开放开辟了中华诗词创作的新时代。各种诗词组织、诗词刊物，有如雨后春笋，遍及全国大小城镇。每年创作的旧体诗词数以万计。在这种情况下，必然出现优秀的篇什，必然出现优秀的诗人。这是一种大好的现象。我们应当加强对优秀诗词的评介，加强对优秀诗人的评介，这对于提高诗词创作的质量，促进中华诗词的健康发展，是非常必要的。

　　　　作者系中国社会科学院哲学研究所研究员